東方既白

书系

笠翁对韵全书

李可染书画插图珍藏版

笠翁对韵

(清) 李　渔 著　李可染 书画

人民东方出版传媒
東方出版社

《归牧图》

前 言

李可染画院院长 李 庚

今年正值父亲李可染先生诞辰114周年，为了纪念父亲，我萌生了编辑《笠翁对韵》与父亲画作配图出版的想法，想以此书作为我们怀念李可染先生的纪念本。在出版社的积极配合下，这本集文字、图画、声音于一体的《笠翁对韵》插图有声书得以顺利出版。

父亲李可染于1907年出生，那时是清王朝光绪三十三年，他的童年时代曾广为流行一本书——《笠翁对韵》。当时这本书是学童们的基础读物，主要是为了便于学童们读书、识字所用。我想这本书一定很多人都读过的。

《笠翁对韵》是人们学习写作近体诗（也称格律诗）词，并用来熟悉对仗、用韵、组织词语的启蒙读物。作者是浙江兰溪人李渔（1611—约1679），字笠翁，清朝初期时的著名戏剧理论家和作家。他在《笠翁对韵》书中以“平水韵”的三十个韵部为目，把常见的韵字组织成韵语，这些韵语又是富有文采的、符合格律的对子。词藻丰富优美、典故众多是这本书最大的特点。如要想通晓中国文字韵律、词汇的精妙和优美，学习领会中国优秀传统文化的典故源流，那《笠翁对韵》是一本必不可少的好书。

据我父亲的回忆，年少时的他对《笠翁对韵》一书的印象非常深刻。文字韵律的使用在古代的日常生活中，是不可缺少的精神食粮，也是文人之间、官员之间交流的重要工具。孔子说：“不学诗，无以言。”几百年来

《笠翁对韵》一书能流传至今，也是因其具有很重要的实用价值。

父亲李可染在他的国画作品中一直提倡的是“墨韵”与“神韵”的交融，就是想在他的作品中表现出现代东方的品格。20世纪60年代，父亲在北戴河对他的绘画进行语境深入研究时，与很多的诗人交往密切，他们会经常在一起讨论有关语境与诗境的问题。那时，父亲送给了我一本《笠翁对韵》，于是我就把这本书中的每一页剪下来，然后粘贴在那些发表父亲画作的杂志和报刊上。那时的我对装帧书籍、书籍插图等十分有兴趣，父亲看了之后非常高兴，他说：“将来咱们俩人合作一本《笠翁对韵》吧，这本书对青少年学习汉语帮助很大的。”现在此书的出版，也是还父亲一个小小的愿望吧！

在此，特别要感谢老朋友刘宝华女士、栾文驹先生的配合与帮助，感谢刘畅编辑的辛勤工作，使得我们共同完成了此书的出版，实属为一大幸事。

2021年4月28日于北京师牛堂

目录

上·卷

下·卷

笠翁对韵

•

上卷

笠翁对韵上卷

《看山图》

笠翁对韵

一东

上卷 · 一东

其一

天对地，
雨对风。
大陆对长空。
山花对海树，
赤日对苍穹。
雷隐隐，
雾濛濛。
日下对天中。
风高秋月白，
雨霁晚霞红。
牛女①二星河②左右，
参商③两曜④斗⑤西东。
十月塞边，
飒飒⑥寒霜惊戍旅⑦；
三冬江上，
漫漫朔⑧雪冷渔翁。

①牛女：指牛郎星、织女星。②河：指银河。③参商：指参星和商星。参星在西，商星在东，此出彼没，永不相见。④曜（yào）：古代日、月、五星均称“曜”，这里指星辰。⑤斗：指北斗七星。⑥飒飒（sà sà）：象声词，形容风声。⑦戍（shù）旅：防守边塞的军队。⑧朔：北方。

《江城朝雾》

其二

河对汉，
绿对红。
雨伯对雷公。
烟楼对雪洞，
月殿对天宫。
云叆叇①，
日曈曚②。
蜡屐③对渔篷。
过天星似箭，
吐魄④月如弓。
驿旅客逢梅子雨，
池亭人挹⑤藕花风。
茅店村前，
皓月坠林鸡唱韵；
板桥路上，
青霜锁道马行踪。

①叆叇(ài dài)：形容云气浓盛、缭绕的样子。 ②曈曚(tóng méng)：初日见明貌。 ③蜡屐(jī)：涂蜡的木屐。 ④魄：指月，月光。 ⑤挹(yì)：吸取。

《杏花春雨江南》

其三

山对海，
华对嵩。
四岳①对三公②。
宫花对禁柳，
塞雁对江龙。
清暑殿③，
广寒宫④。
拾翠⑤对题红⑥。
庄周⑦梦化蝶，
吕望⑧兆飞熊。
北牖⑨当风停夏扇，
南檐曝日省冬烘。
鹤舞楼头，
玉笛弄残仙子月；
凤翔台上，
紫箫吹断美人风。

---

①四岳：相传尧时的四个大臣羲仲、羲叔、和仲、和叔，分驻四方。《尚书·尧典》："帝曰：'咨，四岳。'" ②三公：古代中央三种最高官衔的合称，各个时代有所不同，如周代以太师、太傅、太保为三公，汉代以司马、司徒、司空为三公。 ③清暑殿：晋代宫殿名。《晋书·孝武帝纪》："（太元）二十一年春正月，造清暑殿。" ④广寒宫：传说是位于月亮上的宫殿，为嫦娥所居。 ⑤拾翠：拾取翠鸟羽毛以为首饰，后多指妇女游春。曹植《洛神赋》："或采明珠，或拾翠羽。" ⑥题红：传说唐宣宗时中书舍人卢渥，偶然见御沟中漂来一片红叶，叶上有宫女题诗云："水流何太急，深宫尽日闲。殷勤谢红叶，好去到人间。" ⑦庄周：即庄子，姓庄，名周，战国中期道家学派代表人物，与老子并称"老庄"。据《庄子·齐物论》："昔者庄周梦为蝴蝶。" ⑧吕望：即姜子牙，姜姓，吕氏，名尚，字子牙，尊称太公望，辅佐周武王消灭商纣，建立周朝，被封于齐。据传说周文王在遇见姜太公前曾占卜得辞"非虎非罴，兆得公侯"，罴即熊的一种，后由"非熊"又讹为"飞熊"。 ⑨牖（yǒu）：窗户。

《戏画》

《榕浴图》

笠翁对韵

二冬

上卷 · 二冬

其一

晨对午，
夏对冬。
下饷①对高舂②。
青春③对白昼，
古柏对苍松。
垂钓客，
荷锄④翁。
仙鹤对神龙。
凤冠珠闪烁，
螭带⑤玉玲珑。
三元⑥及第才千顷，
一品当朝禄万钟。
花萼楼⑦间，
仙李⑧盘根调国脉；
沉香亭⑨畔，
娇杨⑩擅宠起边风。

①下饷：谓收工吃饭。唐代戴叔纶《女耕田行》诗："日正南冈下饷归。" ②高舂（chōng）：指日影西斜近黄昏时。古时农民一般在此时用杵臼舂米。 ③青春：指春天。春季草木茂盛，其色青绿，故称。唐代杜甫《闻官军收河南河北》诗："白日放歌须纵酒，青春作伴好还乡。" ④荷（hè）锄：肩扛着锄头。 ⑤螭（chī）带：螭为古代传说中无角的龙，螭带即装饰有螭纹的腰带。 ⑥三元：科举时代称解试（又称乡试）、省试（又称会试）、殿试（又称廷试）第一为解元、会元、状元，合称三元。 ⑦花萼楼：唐玄宗于兴庆宫西南建花萼相辉之楼 ，简称花萼楼。 ⑧仙李：指唐玄宗李隆基及其兄弟宁王李宪、岐王李范、薛王李业等。唐玄宗即位后，特意修建花萼楼，时时与兄弟登楼相聚，和睦友爱，李氏宗族和唐朝政局都得以巩固。 ⑨沉香亭：位于唐长安城兴庆宫内龙池东北方，李白曾在此受唐玄宗之命，带醉为杨贵妃创作三首《清平调》，成为传世的名篇。 ⑩娇杨：指杨玉环，号太真，唐玄宗时封为贵妃，深受宠爱，后在安史之乱中随唐玄宗流亡蜀中，途经马嵬驿，士兵哗变，被赐死。

《颐和园扇面殿》

其二

清对淡，
薄对浓。
暮鼓对晨钟。
山茶对石菊，
烟锁对云封。
金菡萏①，
玉芙蓉。
绿绮②对青锋③。
早汤先宿酒，
晚食继朝饔④。
唐库金钱⑤能化蝶，
延津宝剑⑥会成龙。
巫峡浪传，
云雨荒唐神女⑦庙；
岱宗⑧遥望，
儿孙罗列丈人峰⑨。

---

①菡萏(hàndàn)：即荷花。 ②绿绮：古琴名。西晋傅玄《琴赋》序："中世司马相如有绿绮，蔡邕有焦尾，皆名器也。" ③青锋：指宝剑，因剑身寒光闪烁，锋芒毕露，故称。 ④朝饔(yōng)：早餐。 ⑤唐库金钱：据《杜阳杂编》："（唐）穆宗皇帝殿前种千叶牡丹……自是宫中每夜，即有黄白蛱蝶万数，飞集于花间……迟明视之，则皆金玉也……其后开宝厨，睹金钱玉屑之内将有化为蝶者。" ⑥延津宝剑：延津即延平津。相传晋时龙泉、太阿二宝剑分离后于此会合，化龙而去。 ⑦神女：即巫山神女。宋玉《高唐赋》序："昔者先王尝游高唐，怠而昼寝，梦见一妇人曰：'妾，巫山之女也……旦为朝云，暮为行雨。'" ⑧岱宗：指泰山，泰山旧谓居五岳之首，为诸山所宗，故称。 ⑨丈人峰：位于泰山主峰玉皇顶西北，因状如老人佝偻而得名，附近又有数块稍小之石，如同儿孙罗列。

《巫山云图》

其三

繁对简，
叠对重。
意懒对心慵。
仙翁对释[①]伴，
道范对儒宗。
花灼灼，
草茸茸。
浪蝶对狂蜂。
数竿君子竹，
五树大夫松[②]。
高皇灭项凭三杰[③]，
虞帝承尧殛[④]四凶[⑤]。
内苑佳人，
满地风光愁不尽；
边关过客，
连天烟草憾无穷。

①释：释迦牟尼的简称，泛指佛教或僧人。 ②大夫松：即泰山五大夫松。《史记·秦始皇本纪》："（始皇）乃遂上泰山，……风雨暴至，休于树下，因封其树为五大夫。" ③三杰：指汉初的张良、韩信、萧何。《史记·高祖本纪》载汉高祖刘邦曰："此三者，皆人杰也，吾能用之，此吾所以取天下也。项羽有一范增而不能用，此其所以为我擒也。"高皇即汉高祖刘邦。 ④殛（jí）：杀死。 ⑤四凶：相传为尧、舜时代四个恶名昭彰的部族首领。《左传·文公十八年》："舜臣尧，宾于四门，流四凶族浑敦、穷奇、梼杌、饕餮。"虞帝即舜。

《寒山拾得》

《双牛图》

笠翁对韵

三江

上卷·三江

其一

奇对偶，
只对双。
巨海对长江。
金盘对玉盏，
宝烛对银釭。
朱漆槛，
碧纱窗。
舞调对歌腔。
兴汉推马武①，
谏夏著龙逄②。
四收列国③群王服，
三筑高城④众敌降。
跨凤登台，
潇洒仙姬秦弄玉⑤；
斩蛇⑥当道，
英雄天子汉刘邦。

---

①马武：马武，字子张，东汉中兴名将，东汉光武帝云台二十八将之一。 ②龙逄(páng)：即关龙逄，夏朝末年的著名贤臣，相传其因为向暴君夏桀进谏忠言而被杀。 ③四收列国：指北宋开国大将曹彬平定南唐、西蜀、南汉、北汉等四个割据政权。 ④三筑高城：唐代筑有三受降城，中城在朔州，西城在灵州，东城在胜州。《新唐书·张仁愿传》："仁愿请乘虚取漠南地，于河北筑三受降城，绝虏南寇路。" ⑤弄玉：相传为春秋秦穆公女，嫁善吹箫之萧史，穆公为作凤台以居之，后夫妻乘凤飞天仙去。事见西汉刘向《列仙传》。 ⑥斩蛇：汉高祖刘邦起事前曾醉行泽中，遇大蛇当道，乃拔剑斩之。事见《史记·高祖本纪》。

《苏州拙政园》

其二

颜对貌，
像对庞①。
步辇②对徒杠③。
停针对搁笔，
意懒对心降。
灯闪闪，
月幢幢④。
揽辔对飞艭⑤。
柳堤驰骏马，
花院吠村尨⑥。
酒量微酣琼杏颊，
香尘浅印玉莲蹤⑦。
诗写丹枫⑧，
韩女⑨幽怀流御水；
泪弹斑竹，
舜妃⑩遗憾积湘江。

---

①庞：面庞。 ②步辇(niǎn)：古代一种用人抬的代步工具，类似轿子。 ③徒杠：可供徒步行走的小桥。 ④幢幢(chuáng)：形容光影晃动的样子。 ⑤艭 (shuāng)：小船。 ⑥尨(máng)：毛色杂乱的狗。 ⑦香尘浅印玉莲蹤(shuāng)：据晋王嘉《拾遗记》："(石崇) 又屑沉水之香如尘末，布象床上，使所爱者践之。"玉莲，指女子的纤足。蹤，踮脚而立。 ⑧丹枫：经霜泛红的枫叶。 ⑨韩女：此为"红叶传诗"故事的另一版本，参见前文"一东"其三 (P8) "题红"注。唐僖宗时儒士于佑与宫人韩氏红叶传诗，后结为夫妇。事见北宋刘斧《青琐高议》卷五载张实《流红记》。 ⑩舜妃：据西晋张华《博物志》："尧之二女，舜之二妃，曰湘夫人，帝崩，二妃啼，以涕挥竹，竹尽斑。"斑竹为一种茎上有紫褐色斑点的竹子，也叫湘妃竹。

《枫林暮晚》

《重庆枇杷山远眺》

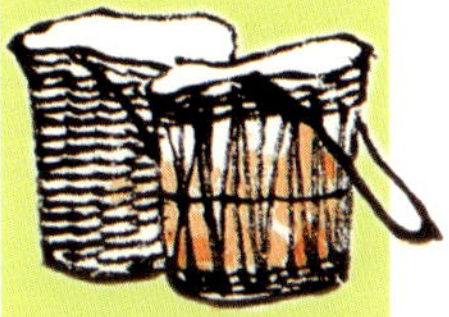

笠翁对韵

四支

上卷 · 四支

其一

泉对石，
干对枝。
吹竹对弹丝①。
山亭对水榭②，
鹦鹉对鸬鹚③。
五色笔③，
十香词④。
泼墨对传卮⑤。
神奇韩幹⑥画，
雄浑李陵⑦诗。
几处花街新夺锦⑧，
有人香径淡凝脂。
万里烽烟，
战士边头争保塞；
一犁膏雨⑨，
农夫村外尽乘时。

---

①吹竹、弹丝：吹奏笙箫等管乐器，弹奏弦乐器。 ②榭：建在高台上的游览建筑，多在水边。 ③五色笔：据南朝梁钟嵘《诗品》卷中：“（江）淹……梦一美丈夫，自称郭璞，谓淹曰：‘我有笔在卿处多年矣，可以见还。’淹探怀中，得五色笔以授之。尔后为诗，不复成语，故世传江淹才尽。” ④十香词：据辽代王鼎《焚椒录》载，辽道宗时佞臣耶律乙辛令人伪作《十香词》以诬陷萧皇后。 ⑤传卮(zhī)：宴饮中传递酒杯劝酒。卮，古代一种酒器。 ⑥韩幹：唐代画家，以画马著称。 ⑦李陵：西汉将领，李广之孙，因寡不敌众被迫投降匈奴。其赠别苏武所作《别歌》质朴悲壮，为后世所称。 ⑧夺锦：据《新唐书·宋之问传》：“武后游洛南龙门，诏从臣赋诗，左史东方虬诗先成，后赐锦袍，之问俄顷献，后览之嗟赏，更夺袍以赐。” ⑨膏雨：降雨能滋润土地和作物，故称膏雨。

《拨阮图》

其二

菹对醢[①]，
赋对诗。
点漆对描脂[②]。
璠[③]簪对珠履，
剑客对琴师。
沽酒价[④]，
买山资[⑤]。
国色对仙姿。
晚霞明似锦，
春雨细如丝。
柳绊长堤千万树，
花横野寺两三枝。
紫盖黄旗[⑥]，
天象预占江左地；
青袍白马[⑦]，
童谣终应寿阳儿。

①菹(zū)、醢(hǎi)：肉酱。 ②点漆、描脂：眼珠黑亮，皮肤白皙。《晋书·杜乂传》：“美姿容，有盛名于江左，王羲之见而目之，曰：‘肤若凝脂，眼如点漆，此神仙人也。’” ③璠（fān）：美玉。 ④沽酒价：《晋书·阮修传》：“常步行，以百钱挂杖头，至酒店，便独酣畅。” ⑤买山资：南朝宋刘义庆的《世说新语·排调》：“支道林因人就深公买印山，深公答曰：‘未闻巢由买山而隐’。” ⑥紫盖黄旗：盖，车帷幔。《三国志·孙权传》：“旧说紫盖黄旗，运在东南。” ⑦青袍白马：《梁书·侯景传》：“童谣曰：‘青丝白马寿阳来。’后（侯）景果乘白马，兵皆青衣。”

《春花灿如霞》

其三

箴①对赞②，

缶③对卮④。

萤照⑤对蚕丝。

轻裾⑥对长袖，

瑞草对灵芝。

流涕策⑦，

断肠诗⑧。

喉舌对腰肢。

云中⑨熊虎将，

天上凤麟儿。

禹庙⑩千年垂橘柚，

尧阶三尺覆茅茨⑪。

湘竹含烟，

腰下轻纱笼玳瑁⑫；

海棠经雨，

脸边清泪湿胭脂。

---

①箴（zhēn）：古代文体，以规劝告诫为主。 ②赞：古代文体，用于赞颂人物等，多为韵语。 ③缶(fǒu)：汲水或盛水的瓦器。 ④卮（zhī）：古代盛酒的器具。 ⑤照：照亮。 ⑥裾(jū)：衣服的前后襟。 ⑦流涕策：西汉贾谊《陈政事疏》：“臣窃惟事势，可为痛哭者一，可为流涕者二，可为长太息者六。” ⑧断肠诗：宋代女诗人朱淑贞，其作品多幽愤哀伤，辑有《断肠诗集》《断肠词集》传世。 ⑨云中：古郡名。原为战国赵地，秦汉时置郡，地处北方边地。有时泛指边关。 ⑩禹庙：唐代杜甫《禹庙》诗：“荒庭垂橘柚，古屋画龙蛇。” ⑪茅茨(cí)：茅草盖的屋顶，亦指茅屋。 ⑫玳瑁(dài mào)：指用玳瑁甲壳制成的装饰品。

《灵隐二亭》

其四

争对让，
望对思。
野葛对山栀。
仙风对道骨，
天造对人为。
鱄诸[①]剑，
博浪椎[②]。
经纬[③]对干支[④]。
位尊民物主，
德重帝王师。
望切不妨人去远，
心忙无奈马行迟。
金屋[⑤]闭来，
赋乞茂陵[⑥]题柱[⑦]笔；
玉楼成后，
记须昌谷[⑧]负囊词[⑨]。

---

①鱄（zhuān）诸：春秋时刺客。由伍子胥推荐给吴公子光，置匕首鱼腹中，乘进献时刺杀吴王僚。 ②博浪椎：《汉书·张良传》："张良使壮士于博浪以铁椎击始皇，误中副车焉。" ③经纬：织物的纵线和横线。 ④干支：天干和地支的合称。 ⑤金屋：据《汉武故事》，汉武帝幼时曾说："若得阿娇作妇，当作金屋贮之也。" ⑥茂陵：指司马相如，西汉著名文学家，汉赋代表作家。汉武帝时阿娇为皇后，失宠，独居长门宫，请司马相如作《长门赋》以感动皇帝。司马相如曾居长安附近的茂陵。 ⑦题柱：司马相如初西去长安，过成都升仙桥，题柱曰："不乘高车驷马，不过此桥。" ⑧昌谷：李贺，字长吉，唐代河南府福昌县昌谷乡人，后世称为李昌谷，为唐代著名诗人，有"诗鬼"之称。传说唐代诗人李贺将死时，有绯衣人来，谓"帝成白玉楼，立召君作记。"后世称文人之死为白玉楼成。 ⑨负囊（náng）词：传说李贺每次出游，都骑驴背着一个破旧锦囊，一有灵感，就写下来投入囊中。

《棕下问道》

《大禹陵》

笠翁对韵

五
微

上卷 · 五微

其一

贤对圣，
是对非。
觉奥对参微①。
鱼书对雁字②，
草舍对柴扉。
鸡晓唱，
雉③朝飞。
红瘦对绿肥④。
举杯邀月饮⑤，
骑马踏花⑥归。
黄盖⑦能成赤壁捷，
陈平⑧善解白登危。
太白⑨书堂，
瀑泉垂地三千丈；
孔明⑩祀庙，
老柏参天四十围。

①参微：领悟微妙的意旨。 ②鱼书、雁字：《乐府诗集·饮马长城窟行之一》：“呼儿烹鲤鱼，中有尺素书。”《汉书·苏武传》：“教使者谓单于，言天子射上林中，得雁，足有系帛书。”后因以“鱼雁”代称书信。 ③雉(zhì)：野鸡。 ④红瘦、绿肥：指雨后红花零落，绿叶茂盛。宋代李清照《如梦令》词：“知否，知否？应是绿肥红瘦。” ⑤邀月饮：唐代李白《月下独酌》诗：“举杯邀明月，对影成三人。” ⑥踏花：踏青，游春。 ⑦黄盖：东汉末年名将，追随孙坚、孙策、孙权三代，赤壁之战时，黄盖前往曹营诈降，并趁机以火攻大破曹操的军队，是赤壁之战主要功臣之一。 ⑧陈平：西汉开国功臣，汉高祖刘邦的重要谋士，刘邦被匈奴军队困于白登，陈平用妙计以解围。 ⑨太白：指李白，字太白，号青莲居士，唐代伟大的浪漫主义诗人，后人誉之为“诗仙”。作有《庐山香炉峰瀑布》诗：“飞流直下三千尺，疑是银河落九天。” ⑩孔明：诸葛亮，字孔明，号卧龙，三国时期蜀汉丞相，中国古代杰出的政治家、军事家。孔明祠庙即四川成都的武侯祠，唐代杜甫《古柏行》诗：“孔明庙前有老柏，柯如青铜根如石。霜皮溜雨四十围，黛色参天二千尺。”

《松下观瀑图》

其二

戈对甲，
幄对帷①。
荡荡对巍巍。
严滩②对邵圃③，
靖菊④对夷薇⑤。
占鸿渐⑥，
卜凤⑦飞。
虎榜⑧对龙旗⑨。
心中罗锦绣，
口内吐珠玑。
宽宏豁达高皇⑩量，
叱咤喑哑霸王⑪威。
灭项兴刘，
狡兔尽时走狗死⑫；
连吴拒魏，
貔貅⑬屯处卧龙⑭归。

---

①幄、帷：室内悬挂的帐幕，帷幔，“帷幄”常用来指代天子决策之处或将帅的幕府、军帐。 ②严滩：指浙江富春江的严陵濑。汉代隐士严光，字子陵，少有高名，与东汉光武帝刘秀同学好友。刘秀即位后，多次延聘严光，皆不就，隐居于富春江畔。 ③邵圃：秦代东陵侯邵平弃官在长安城东青门种瓜的瓜园，其瓜名东陵瓜。 ④靖菊：靖指陶潜，字渊明，别号五柳先生，私谥靖节，世称靖节先生，东晋南朝杰出诗人、辞赋家、散文家。作有《饮酒其五》诗：“采菊东篱下，悠然见南山。” ⑤夷薇：商代末伯夷、叔齐，耻食周粟，隐于首阳山，采薇而食。 ⑥鸿渐：出自《易·渐》：“初六，鸿渐于干”，“六二，鸿渐于盘”，“九三，鸿渐于陆”，“六四，鸿渐于木”，“九五，鸿渐于陵”。谓鸿鹄飞翔从低到高，循序渐进，为吉卦。 ⑦卜凤：春秋齐懿仲想把女儿嫁给陈敬仲，占卜时得到“凤皇于飞，和鸣锵锵”等吉语。 ⑧虎榜：龙虎榜的简称，即进士榜。 ⑨龙旗：画有两龙蟠结的旗帜，为天子仪仗之一。亦指得专征伐的将帅之旗。 ⑩高皇：即汉高祖刘邦。 ⑪霸王：即西楚霸王项羽。《史记·淮阴侯列传》：“项王喑哑叱咤，千人皆废。”叱咤、喑哑，皆为怒喝之意。 ⑫狡兔、走狗：《史记·淮阴侯列传》载，汉高祖擒韩信，信曰：“狡兔死，走狗烹。”韩信为汉初三杰之一，在消灭项羽、建立西汉过程中立有大功。 ⑬貔貅(pí xiū)：古籍中的两种猛兽，多连用以比喻勇猛的战士。 ⑭卧龙：指诸葛亮，参见前文“五微”其一(P36)“孔明”注。

《采菊东篱下》

其三

衰对盛，密对稀。祭服对朝衣。鸡窗[①]对雁塔[②]，秋榜对春闱[③]。乌衣巷[④]，燕子矶[⑤]。久别对初归。天姿真窈窕，圣德实光辉。蟠桃紫阙来金母[⑥]，岭荔红尘进玉妃[⑦]。灞上军营，亚父[⑧]丹心撞玉斗；长安酒市，谪仙[⑨]狂兴换银龟。

①鸡窗：传说晋代宋处宗所居窗外养有一只鸡，能作人语，与宋处宗终日谈论，宋处宗因此言辞大进。后以“鸡窗”指书斋。 ②雁塔：即大雁塔，在唐代长安大慈恩寺内。唐玄奘在此贮藏从印度取回的佛经佛像。唐代新进士常题名于此。 ③秋榜、春闱：指科举时代的春、秋两场考试。在地方为选拔举人所进行的解试，于秋季举行；在京城为选拔进士举行的会试，于春季举行。 ④乌衣巷：在今南京市秦淮河南，东晋时王、谢等高门望族居此，因而闻名。 ⑤燕子矶：在今南京市东北部观音山，为扼守长江的军事要地。因有突出的岩石屹立长江边，三面悬绝，宛如飞燕，故名。 ⑥金母：指西王母，因五行中西方属金，故称。 ⑦玉妃：指唐代杨贵妃，名玉环，参见前文“二冬”其一（P12）“娇杨”注。杨贵妃好食鲜荔枝，命岭南供送，七日限至长安。唐代杜牧《过华清宫绝句》诗：“一骑红尘妃子笑，无人知是荔枝来。” ⑧亚父：指范增，秦朝末年谋略家、政治家，西楚霸王项羽的主要谋士，项羽尊其为亚父。因鸿门宴项羽不听劝告放走刘邦，范增恨其不能成事，怒中拔剑撞碎刘邦赠送的玉斗。 ⑨谪（zhé）仙：降居凡间的仙人，指李白，参见前文“五微”其一（P36）“太白”注。据说李白初入京城，著名诗人“四明狂客”贺知章见之惊呼为“谪仙人”，解下腰间佩戴银龟换酒与其同饮。

《嘉定凌云山图》

《绍兴》 速写

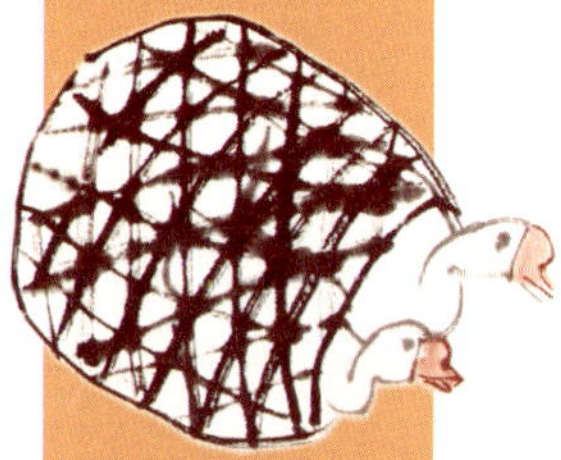

笠翁对韵

六鱼

上卷·六鱼

其一

羹对饭，
柳对榆。
短袖对长裾。
鸡冠对凤尾，
芍药对芙蕖[①]。
周有若[②]，
汉相如[③]。
王屋[④]对匡庐[⑤]。
月明山寺远，
风细水亭虚。
壮士腰间三尺剑，
男儿腹内五车书[⑥]。
疏影暗香，
和靖[⑦]孤山梅蕊放；
轻阴清昼，
渊明[⑧]旧宅柳条舒。

---

①芙蕖：荷花的别名。 ②有若：孔子弟子，孔门七十二贤之一，《论语》中称“有子”。据说其貌似孔子。 ③相如：指司马相如，参见前文“四支”其四（P32）“茂陵”注。 ④王屋：指山西的王屋山，山有三重，其状如屋，故名。 ⑤匡庐：指江西的庐山，相传殷周之际有匡俗兄弟七人结庐于此，故称。 ⑥五车书：史称汉高祖刘邦以手中三尺长剑起兵，后人常将三尺剑比喻有志向男儿的象征。 ⑦和靖：指宋代诗人林逋，世称和靖先生，隐居杭州西湖孤山，无妻无子，种梅养鹤以自娱，人称“梅妻鹤子”。其作《山园小梅》诗：“疏影横斜水清浅，暗香浮动月黄昏。” ⑧渊明：指陶潜，参见前文“五微”其二（P38）“靖菊”注。其自作《五柳先生传》云：“宅边有五柳树，因以为号焉。”

《柳荫牧牛》

其二

吾对汝，
尔对余。
选授[1]对升除[2]。
书箱对药柜，
耒耜[3]对耰[4]锄。
参[5]虽鲁，
回[6]不愚。
阀阅[7]对阎闾[8]。
诸侯千乘国[9]，
命妇[10]七香车[11]。
穿云[12]采药闻仙犬，
踏雪寻梅[13]策蹇驴。
玉兔金乌[14]，
二气精灵为日月；
洛龟河马[15]，
五行生克[16]在图书。

---

①选授：经过选定授以官职。 ②除：拜官，授职。 ③耒耜（lěi sì）：古代耕地翻土的农具。 ④耰（yōu）：农具名，状如榄，用以击碎土块，平整土地和覆种。 ⑤参：指曾参，孔子晚年重要弟子，后世尊为“宗圣”。《论语·先进》：“子曰：柴也愚，参也鲁。”鲁，迟钝。 ⑥回：指颜回，孔子最得意的弟子，后世尊为“复圣”。《论语·为政》：“子曰：吾与回言终日，不违如愚。退而省其私，亦足以发，回也不愚。” ⑦阀阅：阀指功绩，阅指经历，阀阅泛指世家高门。 ⑧阎闾（lǘ）：里巷内外的门，后借指平民。 ⑨千乘国：有兵车千辆的国家，战国时期诸侯国，小者称千乘，大者称万乘。 ⑩命妇：封建时代受封号的妇人。 ⑪七香车：用多种香料涂饰或用多种香木制作的车，亦泛指华美的车。 ⑫穿云采药：传说东汉时刘晨、阮肇，入天台山采药迷路，遇两仙女。 ⑬踏雪寻梅：据说唐代孟浩然骑驴于灞桥风雪中赏梅写诗，后以形容文人雅士赏爱风景苦心作诗的情致。 ⑭玉兔金乌：神话中月宫里有白兔，借指月亮；太阳中有三足乌鸦，借指太阳。 ⑮洛龟河马：传说夏禹治水时有神龟出于洛水，背上有裂纹，纹如文字；伏羲时有龙马出于黄河，马背有旋毛如星点，称作龙图。二者合称“河图洛书”，即下句所言“图书”。 ⑯五行生克：指金、木、水、火、土五行之间的相生相克，如木生火、土克水等。

《鉴湖》

其三

欹①对正，
密对疏。
囊橐②对苞苴③。
罗浮④对壶峤⑤，
水曲对山纡⑥。
骖⑦鹤驾，
侍鸾舆。
桀溺对长沮⑧。
搏虎卞庄子⑨，
当熊冯婕妤⑩。
南阳高士吟梁父⑪，
西蜀才人赋子虚⑫。
三径⑬风光，
白石黄花供杖履；
五湖⑭烟景，
青山绿水在樵渔。

---

①欹(qī)：倾斜。 ②囊橐(tuó)：装粮食的袋子。 ③苞苴(jū)：用苇或茅编织成的包裹鱼肉之类食品的用具。 ④罗浮：罗浮山，在今广东博罗，道教称之为“第七洞天”，“第三十二泉源福地”。 ⑤壶峤：海上二仙山名。《初学记》：“罗浮二山随风雨而合离，壶峤二山逐波涛而上下。” ⑥纡(yū)：曲折。 ⑦骖(cān)：乘，驾驭。 ⑧桀溺(jiē nì)、长沮(jū)：二人皆为春秋时隐士。《论语·微子》：“长沮、桀溺耦而耕，孔子过之，使子路问津焉。” ⑨卞庄子：春秋时鲁国卞邑大夫卞庄子欲刺二虎，管竖子曰：“两虎食牛，牛死必争。争则大者伤，小者死。从伤者刺之，必毙。” ⑩冯婕妤：汉元帝时冯婕妤侍帝观看斗兽，有熊冲出，众惊走，冯独挡于前，帝深受感动。 ⑪梁父：即《梁父吟》，乐府诗题，亦称《梁甫吟》。《三国志·蜀志·诸葛亮传》：“亮躬耕陇亩，好为《梁父吟》。” ⑫子虚：即西汉司马相如所作名篇《子虚赋》。 ⑬三径：晋陶潜《归去来辞》：“三径就荒，松竹犹存。”后多借指归隐者的居处。 ⑭五湖：即太湖及周边湖泊，亦泛指古代吴越地区湖泊。传说春秋末越国大夫范蠡，辅佐越王勾践灭吴后，功成身退，乘轻舟归隐五湖。后借指隐遁之处。

《青山密林》

《万县瀼渡桥》

笠翁对韵

七虞

上卷 · 七虞

其一

红对白，
有对无。
布谷对提壶[①]。
毛锥[②]对羽扇，
天阙[③]对皇都。
谢蝴蝶[④]，
郑鹧鸪[⑤]。
蹈海[⑥]对归湖[⑦]。
花肥春雨润，
竹瘦晚风疏。
麦饭豆糜[⑧]终创汉，
莼羹鲈脍[⑨]竟归吴。
琴调轻弹，
杨柳月中潜去听；
酒旗斜挂，
杏花村里共来沽。

---

①提壶：鸟名，即鹈鹕。 ②毛锥：毛笔的别称。因其形如锥，束毛而成，故名。 ③天阙：天子的宫阙，亦指朝廷或京都。 ④谢蝴蝶：宋代诗人谢逸好作蝴蝶诗，人称“谢蝴蝶”。 ⑤郑鹧鸪：唐代诗人郑谷作《鹧鸪》诗，为世所赏，人称“郑鹧鸪”。 ⑥蹈海：跳海而死。《史记·鲁仲连邹阳列传》：“彼秦者，弃礼义而上首功之国也……则连有蹈东海而死耳，吾不忍为之民也。” ⑦归湖：指范蠡灭吴后隐归五湖，参见前文“六鱼”其三（P48）“五湖”注。 ⑧麦饭豆糜(mí)：《后汉书·冯异传》载，汉光武兵败，冯异于滹沱河进麦饭，芜蒌亭进豆粥。 ⑨莼羹鲈脍（lú kuài）：南朝宋刘义庆《世说新语·识鉴》载，张季鹰在洛阳，见秋风起，因思及江南家乡菰菜羹、鲈鱼脍，立即辞官归乡。

《风雨归牧》

其二

罗对绮，
茗对蔬。
柏秀对松枯。
中元①对上巳②，
返璧③对还珠④。
云梦泽⑤，
洞庭湖。
玉烛对冰壶。
苍头犀角带，
绿鬓象牙梳。
松阴白鹤声相应，
镜里青鸾⑥影不孤。
竹户半开，
对牖不知人在否；
柴门深闭，
停车还有客来无？

---

①中元：中元节，农历七月十五日。旧时道观于此日作斋醮，僧寺作盂兰盆会，民俗亦有祭祀亡故亲人等活动。　②上巳(sì)：旧时节日名。汉以前以农历三月上旬巳日为“上巳”；魏晋以后多改为三月三日。古人多于此日祭祀宴饮、郊外游春。　③返璧：《史记·廉颇蔺相如列传》载，战国时赵国得和氏璧，秦欲夺之，蔺相如为赵使臣奉璧入秦，最终保得完璧归赵。　④还珠：《后汉书·孟尝传》载：合浦原多产珍珠，因地方官贪婪无厌，珍珠迁离其境，后孟尝到任，为官清廉，政绩卓著，一年后珍珠去而复还。　⑤云梦泽：古代楚地大湖，传说方圆九百里。　⑥镜里青鸾：传说唐代骆宾王得一鸾，三年不鸣。其夫人曰：鸟见其类而后鸣。悬镜照之，果见影而鸣。

《松林清话》

其三

宾对主，
婢对奴。
宝鸭[1]对金凫[2]。
升堂对入室[3]，
鼓瑟对投壶[4]。
觇[5]合璧[6]，
颂联珠。
提瓮对当垆[7]。
仰高红日近，
望远白云孤。
歆向[8]秘书窥二酉[9]，
机云[10]芳誉动三吴[11]。
祖饯[12]三杯，
老去常斟花下酒；
荒田五亩，
归来独荷月中锄。

---

①宝鸭：镶嵌珠宝的香炉，因多作鸭形，故称。 ②金凫(fú)：凫，野鸭。金凫指金铸的凫雁形香炉。 ③升堂、入室：《论语·先进》："由（即子路）也升堂矣，未入于室也。"原比喻学习所达到的境地有程度深浅的差别。后用以称赞在学问或技艺上的由浅入深，渐入佳境。 ④投壶：古代宴会礼仪娱乐活动。宾主依次用矢投向盛酒的壶口，以投中多少决胜负，负者饮酒。 ⑤觇(chān)：观看，观察。 ⑥合璧：两个半璧合成一圆形，称之为合璧，比喻日月同升。《汉书·律历志上》："日月如合璧，五星如联珠。" ⑦当垆：指卖酒。垆，放酒坛的土墩。 ⑧歆向：指西汉刘向、刘歆父子，古代著名文献学家、政治家、文学家。二人曾受命整理汉代皇家藏书，著有《别录》《七略》。 ⑨二酉(yǒu)：指大酉、小酉二山。在今湖南省沅陵县西北。二山皆有洞穴，洞中有书千卷。后即以"二酉"称丰富的藏书。 ⑩机云：指西晋陆机、陆云兄弟，出身吴郡陆氏，古代著名文学家。 ⑪三吴：晋代指吴兴、吴郡、会稽三郡。 ⑫祖饯：即饯行。"祖"原指出行时祭祀路神，引申为饯行。

《太湖鱼池》

其四

君对父，
魏对吴。
北岳对西湖。
菜蔬对茶荈①，
苣藤对菖蒲②。
梅花数③，
竹叶符④。
廷议⑤对山呼⑥。

两都班固⑦赋，
八阵⑧孔明图。
田庆⑨紫荆堂下茂，
王裒⑩青柏墓前枯。
出塞中郎⑪，
羝⑫有乳时归汉室；
质秦太子⑬，
马生角日返燕都。

---

①荈(chuǎn)：晚采的老茶，亦泛指茶叶。 ②菖蒲：植物名，民间在端午节常用来和艾叶扎束，挂在门前。 ③梅花数：古代一种占卜法，相传为宋代邵雍所作。 ④竹叶符：道教画的一种符咒，宋代宋煜《竹符》诗："仙篆元非世俗书，笔端会把鬼神驱。当年笔迹今何在，洞客争传竹叶符。" ⑤廷议：在朝廷上商议或发表议论。 ⑥山呼：封建时代对皇帝的祝颂仪式，叩头高呼"万岁"三次。 ⑦班固：字孟坚，东汉著名史学家、文学家。著有《汉书》《两都赋》等。《两都赋》分东都、西都两篇，分述汉代都城长安和洛阳的繁荣景象。 ⑧八阵：传说诸葛亮曾推演兵法，作八阵图。唐代杜甫《八阵图》诗："功盖三分国，名成八阵图。" ⑨田庆：汉代京兆田庆兄弟欲分家，堂下紫荆树忽然枯萎，田家受感动，决定不分家，荆树亦即复生。 ⑩王裒(póu)：传说魏晋时王裒父死，其抱墓边柏树号哭，柏树枯萎。 ⑪出塞中郎：指西汉苏武，以中郎将持节出使匈奴被扣，匈奴命其牧羊，谓公羊产乳方可放归。 ⑫羝(dī)：即公羊。 ⑬质秦太子：战国时燕太子丹为质于秦，秦王曰：马生角方可放归。

《雨亦奇》

《漓江洲尾峰》

笠翁对韵

八齐

上卷 · 八齐

其一

鸾对凤，
犬对鸡。
塞北对关西。
长生对益智，
老幼对旄倪①。
颁竹策②，
剪桐圭③。
剥枣④对蒸梨⑤。

绵腰如弱柳，
嫩手似柔荑⑥。
狡兔⑦能穿三穴隐，
鹪鹩⑧权借一枝栖。
甪里先生⑨，
策杖垂绅⑩扶少主；
於陵仲子⑪，
辟纑⑫织履赖贤妻。

---

①旄倪(mào ní)：旄，通耄，指老人。倪，小儿。老人和小孩。 ②竹策：竹杖。《北史·杨素传》：“及平齐之役，素请麾下先驱，帝从之，赐以竹策。” ③桐圭(guī)：用竹简做的天子给诸侯颁发的委任状。 ④剥(pū)枣：打枣。《诗·豳风·七月》：“八月剥枣，十月获稻。” ⑤蒸梨：梨通藜，蒸藜即煮野菜。 ⑥柔荑(tí)：柔软而白的茅草嫩芽。 ⑦狡兔：《战国策·齐策四》：“狡兔有三窟。”后以“狡兔三窟”喻藏身处多，便于避祸。亦作“狡兔三穴”。 ⑧鹪鹩(jiāo liáo)：鸟名，形小。《庄子·逍遥游》：“鹪鹩巢于深林，不过一枝。” ⑨甪(lù)里先生：汉初隐士，商山四皓之一。汉高祖刘邦召商山四皓，不应。后高祖欲废太子，吕后用留侯计，迎四皓辅太子，遂使高祖辍废太子之议。 ⑩策杖垂绅：手里拄着拐杖，躬下身子使衣带下垂的样子。 ⑪於陵仲子：即陈仲子，战国时齐人。因居于於陵，故号於陵子。楚王欲以为相，不就，与妻逃去，为人灌园，妻子纺布织鞋。 ⑫纑(lú)：布缕，引申为织布。

《三企戏墨》

其二

鸣对吠，
泛对栖。
燕语对莺啼。
珊瑚对玛瑙，
琥珀对玻璃。
绛县老[①]，
伯州犁[②]。
测蠡[③]对燃犀[④]。

榆槐堪作荫，
桃李自成蹊[⑤]。
投巫救女西门豹[⑥]，
赁浣逢妻百里奚[⑦]。
阙里[⑧]门墙，
陋巷[⑨]规模原不陋；
隋堤基址，
迷楼[⑩]踪迹亦全迷。

---

①绛县老：传说春秋时晋国绛县有老人高寿而不记年岁，后因称高寿之人为“绛县老人”。 ②伯州犁：春秋时吴国太宰伯嚭之父。 ③测蠡(lí)：“以蠡测海”的略语，比喻以浅陋之见揣度事物。蠡，水瓢。 ④燃犀：传说晋代温峤至牛渚矶，闻水下多怪物，乃燃犀角而照，看见各种奇形异状。 ⑤蹊（xī）：小路。《史记·李将军传赞》：“谚曰：桃李不言，下自成蹊。” ⑥西门豹：战国时魏国著名的政治家、水利家。魏文侯时任邺令，当地俗信巫，每岁以女子投河，曰：为河伯娶妇。西门豹投巫师于河，陋俗乃止。 ⑦百里奚：春秋时著名政治家，为秦国大夫，主持国政。一日百里奚堂上乐作，堂下所雇一洗衣妇人抚琴而歌，问之，乃故妻也。赁(lìn)，给人做雇工。浣（huàn），洗。 ⑧阙里：孔子故里，在今山东曲阜城内阙里街。因有两石阙，故名。孔子曾在此讲学。 ⑨陋巷：孔子弟子颜回的住处。《论语·雍也》：“贤哉，回也！一箪食，一瓢饮，在陋巷，人不堪其忧，回也不改其乐。” ⑩迷楼：隋炀帝所建楼名，故址在今江苏省扬州市西北郊。隋炀帝见此楼曰：“真神仙游此亦当自迷。”因名之。

《童趣》

其三

越对赵，
楚对齐。
柳岸对桃溪①。
纱窗对绣户，
画楼对香闺。
修月斧②，
上天梯③。
蝃蝀④对虹霓。
行乐游春圃，
工谀病夏畦⑤。
李广⑥不封空射虎，
魏明⑦得立为存麑。
按辔徐行，
细柳⑧功成劳王敬；
闻声稍卧，
临泾⑨名震止儿啼。

---

①桃溪：指桃花源，晋陶渊明作《桃花源记》，谓有渔人从桃花林中沿溪水源头入一山洞，见秦时避乱者的后裔居其间。后遂用以指避世隐居的地方，亦指理想的境地。 ②修月斧：修月之斧，神话传说，月由七宝合成，常有八万二千户修之，故有此称。后以比喻精心写作和修改文章。 ③上天梯：登天的梯子，比喻达到某种目的的途径或方法。 ④蝃蝀(dì dōng)：虹的别称。 ⑤夏畦：指夏天在田地里劳动的人。《孟子·滕文公下》："胁肩谄笑，病于夏畦。" ⑥李广：西汉名将，被称为"飞将军"。任右北平郡太守时出猎，见草中石以为虎，射之，箭没石中。李广一生战功显赫，却因种种机缘，始终未得封侯。 ⑦魏明：指三国时魏明帝曹叡，为魏文帝曹丕太子。曾随文帝出猎，文帝射杀母鹿，使其射幼鹿，不从，涕泣曰："陛下已杀其母，臣不忍复杀其子。"文帝即放下弓箭，而决定立其为太子。麑(ní)，幼鹿。 ⑧细柳：指细柳营，汉文帝时，名将周亚夫屯军细柳营，纪律严明。汉文帝自劳军，也需按军礼军纪行事，不得任意而为。 ⑨临泾：唐代将领郝玼为临泾镇将，勇敢无敌，声振虏庭，吐蕃入寇，不过临泾。吐蕃人非常害怕他，用他的名来吓唬啼哭的小孩。

《绿荫红桥》

谐趣园图
闻说当年匠师以江南惠山寄畅园为蓝本在颐和园内造谐趣园因使园中有园湖外有湖匠心别具亦为京中园庭最佳胜者
戊辰年三月时在岭南从化温泉养病作此遣兴

《谐趣园图》

笠翁对韵

九佳

上卷·九佳

其一

门对户，
陌[1]对街。
枝叶对根荄[1]。
斗鸡对挥麈[2]，
凤髻对鸾钗。
登楚岫[3]，
渡秦淮[4]。
子犯[5]对夫差[6]。
石鼎[7]龙头缩，
银筝雁翅排。
百年诗礼延余庆，
万里风云入壮怀。
能辨名伦，
死矣野哉悲季路[8]；
不由径窦[9]，
生乎愚也有高柴[10]。

---

①根荄(gāi)：植物的根。 ②挥麈（zhǔ）：晋人清谈时，常挥动麈尾以为谈助。后因称谈论为挥麈。麈尾是古人闲谈时执以驱虫、掸尘的一种工具。 ③楚岫(xiù)：楚地山峦，常指巫山。 ④秦淮：河名，流经南京，为城中名胜。相传为秦始皇南巡所凿，故名秦淮。 ⑤子犯：春秋时晋臣，随晋公子重耳流亡，乞食于野人，野人与之土块，公子怒，欲鞭之，子犯曰："这是上天赐国土给公子。" ⑥夫差：春秋时吴国国君，击败越国、齐国，与晋国争霸成功，但国力消耗巨大。之后越国复兴，攻灭吴国，夫差自刎。 ⑦石鼎：陶制的烹茶用具。 ⑧季路：即仲由，孔子弟子，字子路，又字季路，性情刚直，好勇尚武。《论语·子路》："子曰：野哉由也。"子路后在卫国的蒯聩之乱殉难，孔子闻非常悲伤。 ⑨不由径窦：既不走小路，也不走孔道，意为不知变通。 ⑩高柴：孔子弟子，字子羔。《论语·先进》："子曰：柴也愚。"

《巫山渡头》

其二

冠对履，
袜对鞋。
海角对天涯。
鸡人①对虎旅②，
六市对三街。
陈俎豆③，
戏堆埋。
皎皎对皑皑。
贤相聚东阁④，
良朋集小斋。
梦里山川书越绝⑤，
枕边风月记齐谐⑥。
三径萧疏，
彭泽高风怡五柳；
六朝华贵，
琅琊佳气种三槐⑦。

---

①鸡人：古代报晓之官。《周礼·春官·鸡人》："鸡人掌共鸡牲，辨其物。" ②虎旅：威武的军队。 ③俎（zǔ）豆：俎和豆，古代祭祀、宴飨时盛食物用的两种礼器，亦泛指各种礼器。孟子幼时，居近墓，以模仿丧葬堆埋之事为游戏；其母移舍于市，又模仿商人为戏；再移学官旁，乃学习礼仪。 ④东阁：西汉公孙弘以布衣为宰相，尝开东阁延贤士。 ⑤越绝：指《越绝书》，东汉时记载古代吴越地方史的一部古书。 ⑥齐谐：指《齐谐记》，南朝宋东阳无疑所作的一部志怪小说。 ⑦三槐：琅琊王氏先祖植三株槐树于堂前曰："后世必有为三公者。"后至东晋南朝，琅琊王氏果然为世代高门。

《钱塘江》

其三

勤对俭，
巧对乖。
水榭对山斋。
冰桃对雪藕，
漏箭对更牌[①]。
寒翠袖[②]，
贵荆钗[③]。
慷慨对诙谐。
竹径风声籁[④]，
花溪月影筛。
携囊佳韵随时贮，
荷锄[⑤]沉酣到处埋。
江海孤踪，
雪浪风涛惊旅梦；
乡关万里，
烟峦云树切归怀。

①漏箭、更牌：漏，是古代一种计时器，漏箭，漏壶中随水面升降的指针。更牌，古代夜间打更报时的牌子。②翠袖：青绿色衣袖，泛指女子的装束。③荆钗：古代贫家妇女常用的荆枝制作的发钗。④籁（lài）：从孔穴里发出的声音，亦泛指一般的声响。⑤荷锄：魏晋时竹林七贤之一刘伶，好酒，常乘鹿车，携一壶酒，使人扛着锄头跟随，曰："醉死便可埋我。"

《江南鱼米之乡》

其四

杞对梓，
桧对楷。
水泊对山崖。
舞裙对歌袖，
玉陛对瑶阶。
风入袂[1]，
月盈怀。
虎兕[2]对狼豺。
马融[3]堂上帐，
羊侃[4]水中斋。
北面黉宫[5]宜拾芥[6]，
东巡岱畤[7]定燔柴[8]。
锦缆春江，
横笛洞箫通碧落[9]；
华灯夜月，
遗簪堕翠遍香街。

---

①袂（mèi）：衣袖。 ②虎兕(sì)：虎与犀牛。比喻凶恶残暴的人。 ③马融：东汉时期著名经学家。堂前教授生徒，堂后设绛纱帐，置女乐。不拘儒者礼节，门人常有千人之多。 ④羊侃：南北朝时期将领，好奢侈，将两船并排盖起三间水斋，装饰繁华，乘潮解缆，临波置酒为乐。 ⑤黉(hóng)宫：古代的学校。 ⑥拾芥：捡取地上的草芥，比喻如读书有成，则想要获得官职极为容易。 ⑦岱畤(zhì)：泰山上的祭祀之处。 ⑧燔(fán)柴：烧柴，祭天之礼。 ⑨碧落：青天，天空。

《江山如画图》

《一年容易又秋风》

笠翁对韵

十灰

上卷 · 十灰

其一

春对夏，
喜对哀。
大手①对长才。
风清对月朗，
地阔对天开。
游阆苑②，
醉蓬莱③。
七政④对三台⑤。
青龙壶老杖⑥，
白燕玉人钗⑦。
香风十里望仙阁⑧，
明月一天思子台⑨。
玉橘冰桃，
王母⑩几因求道降；
莲舟藜杖，
真人⑪原为读书来。

---

①大手：犹高手，指工于文辞的名家。 ②阆(làng)苑：阆风之苑，传说中仙人的住处。 ③蓬莱：蓬莱山，古代传说中的神山名。亦常泛指仙境。 ④七政：古天文术语，指日、月和金、木、水、火、土五星，或指北斗七星。 ⑤三台：星名。《晋书·天文志上》："三台六星，……在人曰三公，在天曰三台。" ⑥壶老杖：传说东汉费长房从壶公学仙，辞归，壶公给他一竹杖，长房到家后把杖投入葛陂，杖化为龙。 ⑦玉人钗：传说汉武帝起招灵阁，有神女留玉钗与帝，后化为五燕升天。 ⑧望仙阁：南朝陈后主建临春、结绮、望仙三阁，内外装饰奢侈繁华，每有微风，香闻数里。 ⑨思子台：汉武帝太子以巫蛊事自杀，武帝知其冤后，作思子宫，并建归来望思之台。 ⑩王母：即西王母。传说西王母降汉武宫中，赠帝以玉橘、冰桃、雪藕。 ⑪真人：即太乙真人，传说太乙真人坐莲舟，燃藜杖，降天禄阁，照刘向读书。刘向参见前文"七虞"其三（P56）"歆向"注。

《峨眉山清音阁》

其二

朝对暮，
去对来。
庶矣①对康哉②。
马肝③对鸡肋④，
杏眼对桃腮。
佳兴适，
好怀开。
朔雪对春雷。
云移鳷鹊观⑤，
日丽凤凰台⑥。
河边淑气迎芳草，
林下轻风待落梅。
柳媚花明，
燕语莺声浑是笑；
松号柏舞，
猿啼鹤唳⑦总成哀。

①庶矣：人口众多啊。《论语·子路》："子曰：庶矣哉。" ②康哉：《尚书·益稷》："元首明哉，股肱良哉，庶事康哉。"意为称颂君明臣良，诸事安宁。后遂以"康哉"为歌颂太平之词。 ③马肝：相传马肝有毒，食之能致人于死。 ④鸡肋：鸡的肋骨，食之无肉，弃之可惜。 ⑤鳷(zhī)鹊观：汉武帝时宫观名，在长安甘泉宫外。鳷鹊，传说中的异鸟名，亦指喜鹊。 ⑥凤凰台：古台名，在今江苏省南京市南面。 ⑦鹤唳(lì)：鹤鸣。东晋淝水之战，前秦军队战败，余众弃甲夜逃，闻风声鹤唳，皆以为东晋军队追至。

《无锡梅园》

其三

忠对信，
博对赅①。
忖度②对疑猜。
香消对烛暗，
鹊喜对蛩③哀。
金花报④，
玉镜台⑤。
倒斝⑥对衔杯。
岩巅横老树，
石磴覆苍苔。
雪满山中高士卧⑦，
月明林下美人来。
绿柳沿堤，
皆因苏子⑧来时种；
碧桃满观，
尽是刘郎⑨去后栽。

---

①赅（gāi）：完备，齐全。 ②忖(cǔn)度：思量，推测。 ③蛩(qióng)：蟋蟀。 ④金花报：古代状元寄家信报喜，称为金花报。 ⑤玉镜台：东晋温峤娶其姑之女，以玉镜台为聘礼。 ⑥斝（jiǎ）：古代一种青铜酒器，后借指酒杯、茶杯。 ⑦高士卧：东汉袁安遇雪天在家高卧不出，人以为贤。 ⑧苏子：指苏轼，字子瞻，号东坡居士，后世称为苏东坡，北宋著名政治家、文学家、书法家。任杭州知府时疏浚西湖，堆筑长堤，遍植柳树，即后世所称“苏堤”。 ⑨刘郎：指刘禹锡，字梦得，唐代著名政治家、文学家，其《玄都观桃花》诗：“玄都观里桃千树，尽是刘郎去后栽。”

《峨眉秋色》

《枕牛眠》

笠翁对韵

十一真

上卷·十一真

其一

莲对菊，凤对麟。浊富对清贫。渔庄对佛舍，松盖对花茵。萝月叟，葛天民[①]。国宝对家珍。草迎金埒[②]马，花醉玉楼[③]人。巢燕三春尝唤友，塞鸿八月始来宾[④]。古往今来，谁见泰山曾作砺[⑤]；天长地久，人传沧海几扬尘[⑥]。

---

①葛天民：葛天氏之民。葛天氏传说为远古帝号，古人认为是理想中的自然、淳朴之世。 ②金埒（liè）：借指豪侈的骑射场。北周庾信《谢滕王赉马启》：“王济饮酒之欢，长驱金埒。” ③玉楼：华丽的楼，亦指传说中天帝或仙人的居所。宋代辛弃疾《苏武慢·雪》词：“歌竹传觞，探梅得句，人在玉楼琼室。” ④来宾：来作宾客。《逸周书·时训》：“寒露之日，鸿雁来宾。” ⑤砺（lì）：磨刀石。《史记·高祖功臣侯者年表·序》：“封爵之誓曰：使河如带，泰山若砺。国以永宁，爰及苗裔。” ⑥扬尘：指沧海变成陆地，比喻世事变化巨大。

《首阳二难》

其二

兄对弟，
吏对民。
父子对君臣。
勾丁①对补甲②，
赴卯③对同寅④。
折桂⑤客，
簪花⑥人。
四皓⑦对三仁⑧。

王乔⑨云外舄，
郭泰⑩雨中巾。
人交好友求三益⑪，
士有贤妻备五伦⑫。
文教南宣，
武帝平蛮开百越⑬；
义旗西指，
韩侯扶汉卷三秦⑭。

---

①勾丁：征调成年男丁充军。丁，古代指到了服劳役年龄的人。 ②补甲：补充兵员。甲，士兵。 ③赴卯：古代官署办公从卯时（早上五点到七点）始，赴卯即官员上班。 ④同寅：同僚、同事。《尚书·皋陶谟》："同寅协恭，和衷哉。" ⑤折桂：古代指科举及第。《晋书·郤诜传》："臣举贤良对策，为天下第一，犹桂林之一枝，昆山之片玉。" ⑥簪花：谓插花于冠，古代新科进士要行簪花之礼。 ⑦四皓：即商山四皓，秦末隐居商山的东园公、甪里先生、绮里季、夏黄公，四人须眉皆白，故称。参见前文"八齐"其一（P62）"甪里先生"注。 ⑧三仁：指商代末年之微子、箕子、比干三位贤臣。《论语·微子》："微子去之，箕子为之奴，比干谏而死。孔子曰：殷有三仁焉。" ⑨王乔：即王子乔，传说为古代仙人。原为东汉县令，善于法术，每次朝见皇帝都来去迅速，并总有一对凫雁相随，皇帝命人捕了这对凫雁，结果网内的凫雁却变成了一双官鞋。舄(xì)，鞋。 ⑩郭泰：东汉名士，字林宗。一日道遇雨，头巾沾湿，一角折叠。时人效之，故意折巾一角，称"林宗巾"。 ⑪三益：语出《论语·季氏》："孔子曰：益者三友，损者三友。友直，友谅，友多闻，益矣。" ⑫五伦：旧指君臣、父子、兄弟、夫妻、朋友之间五种伦理关系。也称五常。 ⑬百越：我国古代南方越人的总称。分布在今浙、闽、粤、桂等地，因部落众多，故总称百越。 ⑭三秦：秦亡以后，项羽三分关中，封秦降将章邯为雍王，司马欣为塞王，董翳为翟王，合称三秦。

《夕阳中的略阳城》

其三

申对午，

侃对訚①。

阿魏②对茵陈③。

楚兰对湘芷，

碧柳对青筠④。

花馥馥，

叶蓁蓁⑤。

粉颈对朱唇。

曹公⑥奸似鬼，

尧帝⑦智如神。

南阮⑧才郎差北富，

东邻丑女效西颦⑨。

色艳北堂，

草号忘忧⑩忧甚事；

香浓南国，

花名含笑⑪笑何人。

①侃、訚(yín)：说话和悦而中正之貌。《后汉书·袁安传》："訚訚侃侃，得礼之容。" ②阿魏：一种有臭气的植物。 ③茵陈：蒿类的一种，全草有香气，可以入药。 ④青筠：青竹。 ⑤蓁蓁(zhēn zhēn)：草木茂盛貌。 ⑥曹公：指曹操，字孟德，东汉末著名政治家、军事家、文学家，三国时代魏国的奠基人。据说其性格奸诈机变，时人视之为"治世之能臣、乱世之奸雄"。 ⑦尧帝：传说中的上古五帝之一，名放勋，为儒家理想的君主代表，年老后禅位于舜。《史记·五帝本纪》："帝尧者，放勋。其仁如天，其知如神。" ⑧南阮：魏晋时阮籍与其侄阮咸同负盛名，共居道南，合称"南阮"。南朝宋刘义庆《世说新语·任诞》："阮仲容、步兵居道南，诸阮居道北。北阮皆富，南阮贫。" ⑨效西颦(pín)：《庄子·天运》："故西施病心而颦其里，其里之丑人见之而美之，归亦捧心而颦其里。"效，仿效。颦，皱眉。 ⑩忘忧：即忘忧草，萱草的别名。 ⑪含笑：花名，开时常不满，如含笑状。

《鲁迅故居百草园图》

《春塘渡牛图》

笠翁对韵

十二文

上卷 · 十二文

其一

忧对喜，
戚①对欣。
五典对三坟②。
佛经对仙语，
夏耨③对春耘。
烹早韭，
剪春芹。
暮雨对朝云。
竹间斜白接④，
花下醉红裙。
掌握灵符五岳箓，
腰悬宝剑七星纹。
金锁未开，
上相趋听宫漏⑤永；
珠帘半卷，
群僚仰对御炉薰。

---

①戚：忧愁，悲伤。 ②五典、三坟：传说中的上古典籍。《左传·昭公十二年》：“是能读三坟、五典、八索、九丘。” ③耨(nòu)：除草。 ④白接：即白接篱，以白鹭羽为饰的帽子。南朝宋刘义庆《世说新语·任诞》：“山季伦为荆州，时出酣畅，人为之歌曰：‘复能乘骏马，倒着白接篱。’” ⑤宫漏：古代宫中计时器。用铜壶滴漏，故称宫漏。

《钟馗》

其二

词对赋，
懒对勤。
类聚对群分。
鸾箫对凤笛，
带草①对香芸②。
燕许笔③，
韩柳④文。
旧话对新闻。
赫赫周南仲⑤，
翩翩晋右军⑥。
六国说成苏子⑦贵，
两京收复郭公⑧勋。
汉阙陈书，
侃侃忠言推贾谊⑨；
唐廷对策，
岩岩直谏有刘蕡⑩。

---

①带草：即书带草，《后汉书·郡国志四》注引《三齐记》曰："郑玄教授不其山，山下生草大如薤，叶长一尺余，坚韧异常，土人名曰康成书带。" ②香芸：芸香一类的香草。俗呼七里香。有特异香气，古来藏书家多用以防蠹。 ③燕许笔：唐玄宗时名臣燕国公张说、许国公苏颋，两人皆以文章显世，时号"燕许大手笔"。 ④韩柳：唐代古文家韩愈和柳宗元的并称。 ⑤周南仲：周宣王时的将军。《诗·小雅·出车》："王命南仲，往城于方。" ⑥晋右军：指王羲之，字逸少，出身琅琊王氏，任东晋右军将军，人称"王右军"，为中国古代著名书法家，后世尊为"书圣"。 ⑦苏子：指苏秦，字季子，战国时期著名的外交家和谋略家，纵横家代表人物。游说列国，促成六国合纵抗秦，曾兼佩六国相印。 ⑧郭公：指唐代名将郭子仪，平定安史之乱，恢复两京，立下大功，封汾阳郡王。 ⑨贾谊：西汉著名政治家、文学家，著有《过秦论》《陈政事疏》《论积贮疏》等。 ⑩刘蕡（fén）：唐代刘蕡参加"贤良方正"科策试时，直言极谏宦官专权乱政。

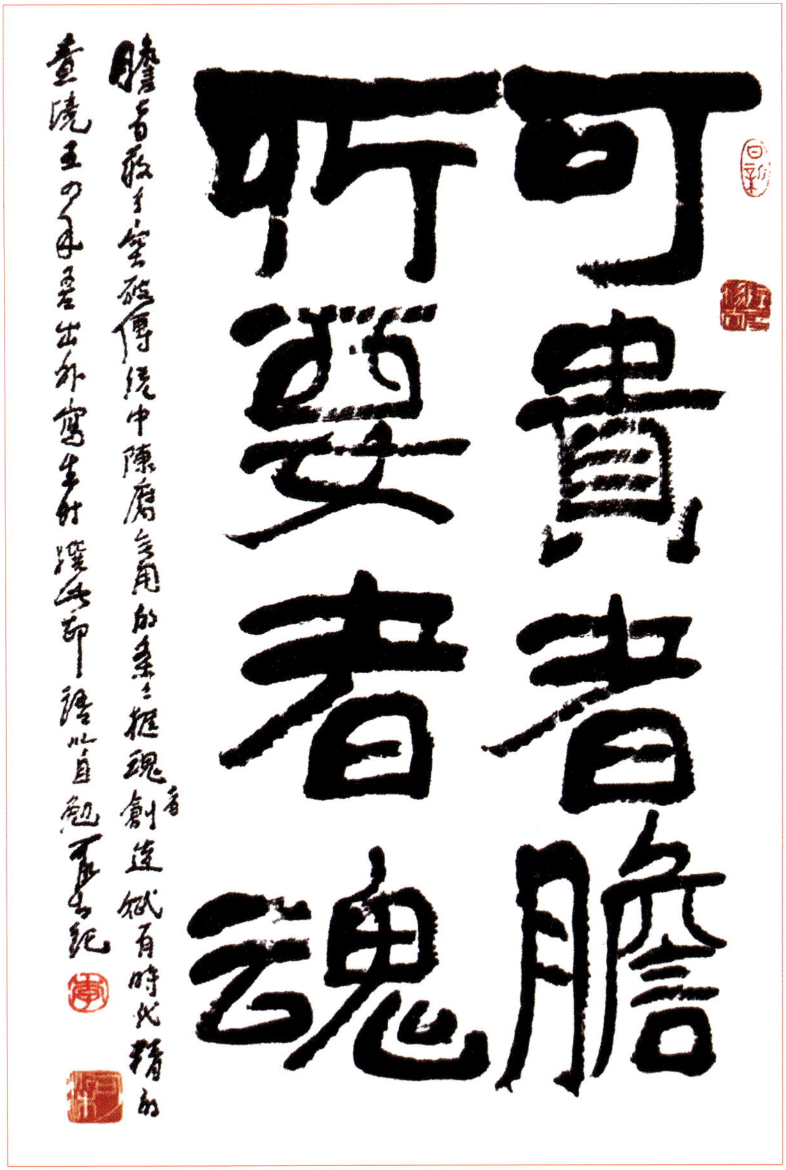

《可贵者胆 所要者魂》 书法

其三

言对笑，
绩对勋。
鹿豕[1]对羊羵[2]。
星冠[3]对月扇[4]，
把袂[5]对书裙[6]。
汤[7]事葛，
说[8]兴殷。
萝月对松云。
西池青鸟使[9]，
北塞黑鸦军[10]。
文武成康[11]为一代，
魏吴蜀汉[12]定三分。
桂苑秋宵，
明月三杯邀曲客[13]；
松亭夏日，
熏风[14]一曲奏桐君[15]。

①鹿豕（shǐ）：鹿和猪。比喻山野无知之物。 ②羊羵（fén）：即羵羊，古代传说谓土中所生的精怪。 ③星冠：指道士的帽子。 ④月扇：团扇。形如满月，故称。 ⑤把袂：拉住衣袖，表示亲昵。 ⑥书裙：作书于裙。《宋书·羊欣传》载，欣年十二，尝着新绢裙昼寝。王献之见之甚爱，书裙数幅而去。后因用"书裙"言友好过访。 ⑦汤：即商汤，成氏，名汤，商朝开国君主。《孟子·梁惠王下》："惟仁者为能以大事小，是故汤事葛。" ⑧说：即傅说，商代政治家、军事家，本为筑墙之奴隶，后为商王武丁之相，安邦治国。 ⑨青鸟使：神话传说西王母有三青鸟代为取食报信。后因以"青鸟使"借指传递书信的使者。 ⑩鸦军：即鸦儿军，指由骁勇善战的少年组成的军队。五代后唐李克用骁勇，人称"李鸦儿"，其精锐部队称"鸦儿军"。 ⑪文武成康：指周初文王、武王、成王、康王四位贤明的君王。 ⑫魏吴蜀汉：指东汉末三国鼎立之魏、吴、蜀三个政权，蜀政权自认继承汉室正统，世称"蜀汉"。 ⑬曲客：好酒之人。 ⑭熏风：古琴曲名，相传舜作《南风歌》，有"南风之熏兮"句。 ⑮桐君：古琴的别称。古琴材质以桐木为上，故称。

《牛背闲话》

《嘉陵江农舍》

笠翁对韵

十三元

上卷 · 十三元

其一

卑对长，
季①对昆②。
永巷③对长门④。
山亭对水阁，
旅舍对军屯⑤。
杨子渡⑥，
谢公墩⑦。
德重对年尊。
承乾⑧对出震⑨，
习坎对重坤。
志士报君思犬马，
仁王养老察鸡豚⑩。
远水平沙，
有客泛舟桃叶渡⑪；
斜风细雨，
何人携榼⑫杏花村。

---

①季：兄弟姊妹排行最小的。 ②昆：兄长。 ③永巷：汉代宫中长巷，有狱监禁宫人。 ④长门：汉代宫名。汉武帝皇后陈阿娇失宠后别居长门宫。后以“长门”借指失宠女子居住的寂寥凄清的宫院。 ⑤军屯：利用驻屯军队就地耕种土地。 ⑥杨子渡：古津渡名，古时在长江北岸，由此南渡京口，为江滨要津。 ⑦谢公墩：古迹名。东晋谢安与王羲之登临处。在今南京市城东隅蒋山半山上。 ⑧承乾：八卦中的“乾”卦对应天，承乾，即顺承天意。 ⑨出震：八卦中的“震”卦位对应东方。出震，即出于东方。 ⑩鸡豚：鸡和猪，泛指古时农家所养禽畜。《孟子·梁惠王上》：“鸡豚狗彘之畜，无失其时。” ⑪ 桃叶渡：渡口名。在今江苏省南京市秦淮河畔。相传因晋王献之在此送其爱妾桃叶而得名。 ⑫榼（kē）：古代盛酒或贮水的器具。

《颐和园后湖》

其二

君对相，
祖对孙。
夕照对朝暾①。
兰台对桂殿，
海岛对山村。
碑堕泪②，
赋招魂③。
报怨对怀恩。
陵埋金④吐气，
田种玉⑤生根。
相府珠帘垂白昼，
边城画角⑥动黄昏。
枫叶半山，
秋去烟霞堪倚杖；
梨花满地，
夜来风雨不开门。

①暾(tūn)：日初出貌。 ②碑堕泪：西晋名将羊祜驻襄阳，死后当地建碑纪念。见碑者思其仁厚，莫不流泪，因称此碑为堕泪碑。 ③赋招魂：《楚辞》有《招魂》篇，传为宋玉哀怜屈原，欲为其招魂而作。 ④陵埋金：秦王埋金于南京钟山，以镇王气。故称金陵。 ⑤田种玉：传说晋代杨伯雍得异人赠石子一斗，种于田中，得白璧五双。 ⑥画角：古管乐器，传自西羌，因表面有彩绘，故称。发声哀厉高亢，古时军中多用以警昏晓，振士气，肃军容。

《秋风霜叶图》

《万美桥》

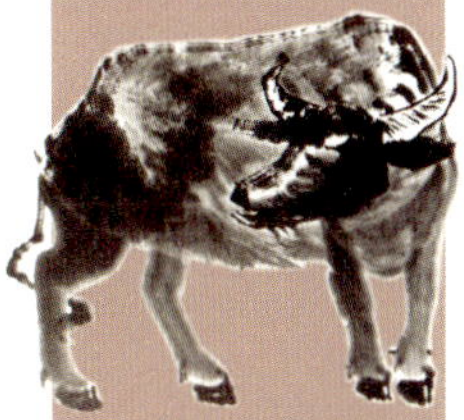

笠翁对韵

十四寒

上卷 · 十四寒

其一

家对国，
治对安。
地主对天官。
坎男①对离女②，
周诰③对殷盘④。
三三⑤暖，
九九⑥寒。
杜撰⑦对包弹⑧。
古壁蛩声匝⑨，
闲亭鹤影单。
燕出帘边春寂寂，
莺闻枕上漏珊珊⑩。
池柳烟飘，
日夕郎归青琐闼⑪；
砌花雨过，
月明人倚玉栏干。

①坎男：道教指汞，内丹家谓为人体内的阴精。 ②离女：道家指铅，内丹家谓为人体内的阳气。 ③周诰：指《尚书·周书》中的《大诰》《康诰》《酒诰》《召诰》《洛诰》等篇。 ④殷盘：指《商书·盘庚》篇。 ⑤三三：指三伏，即初伏、中伏、末伏，是一年中最热的时候。 ⑥九九：由冬至日起，历八十一日，每九天为“一九”，按次序定名为“一九”、“二九”至“九九”。 ⑦杜撰：谓没有根据地编造，虚构。宋代王楙《野客丛书·杜撰》：“杜默为诗，多不合律。故言事不合格者为杜撰。” ⑧包弹：批评、指责。唐代李商隐《杂纂·不达时宜》：“筵上包弹品味。” ⑨匝（zā）：环绕。 ⑩珊珊：形容连续水滴的声音。 ⑪青琐闼（tà）：装饰青色连环花纹的宫门。汉代黄门郎日暮时入宫值守，对青琐门拜，名曰夕郎。

《放鹤亭》

其二

肥对瘦，
窄对宽。
黄犬对青鸾。
指环对腰带，
洗钵①对投竿②。
诛佞剑③，
进贤冠④。
画栋对雕栏。
双垂白玉箸⑤，
九转⑥紫金丹。
陕右棠高怀召伯⑦，
河阳花满忆潘安⑧。
陌上芳春，
弱柳当风披彩线；
池中清晓，
碧荷承露捧珠盘。

---

①洗钵：佛教僧侣用食终了，清洗钵盂，称为洗钵。禅宗有一段公案，有僧向赵州禅师请教佛法，赵州云：“吃粥了吗？”僧云：“吃了。”赵州云：“洗钵盂去。”其僧立即开悟。 ②投竿：丢掉钓竿，谓罢钓，借指不再隐遁而出仕。 ③诛佞剑：西汉朱云求汉成帝赐上方剑斩一佞臣，成帝问为谁？答为张禹。 ④进贤冠：古时朝见皇帝的一种礼帽。 ⑤箸（zhù）：筷子。 ⑥九转：九次提炼。道教谓炼丹有一至九转之别，而以九转为贵。 ⑦召伯：即召公，名奭，西周初年贤臣，与周公齐名。治理陕地以西，有德政，曾在棠树下理事，后人怀念召伯，不忍伐其树。古代以东为左，以西为右，故称陕右。 ⑧潘安：即潘岳，字安仁，西晋文学家，古代著名美男子。任河阳县令时，全县遍植桃花。

《接天莲叶无穷碧，映日荷花别样红》

其三

行对卧，
听对看。
鹿洞①对鱼滩②。
蛟腾对豹变③，
虎踞对龙蟠④。
风凛凛，
雪漫漫。
手辣对心酸。

莺莺对燕燕⑤，
小小⑥对端端⑦。
蓝水远从千涧落，
玉山高并两峰寒。
至圣⑧不凡，
嬉戏六龄陈俎豆⑨；
老莱⑩大孝，
承欢七秩⑪舞斑斓⑫。

---

①鹿洞：指白鹿洞，在江西九江庐山东北。宋代朱熹讲学处，建有白鹿洞书院，为古代四大书院之一。 ②鱼滩：即钓鱼滩，在浙江桐庐县南，相传为东汉严光隐居垂钓处，故称严陵滩，又称严陵七里钓鱼滩。参见前文注。③豹变：谓如豹文那样发生显著的变化。幼豹长大退毛，然后疏朗焕散，其毛光泽有文采。《易·革》："上六，君子豹变，其文蔚也。" ④蟠（pán）：盘曲。 ⑤莺莺、燕燕：宋代钱塘范十二郎有二女曰莺莺、燕燕，为富民陆氏之妾。 ⑥小小：指南朝齐钱塘名妓苏小小。 ⑦端端：指唐代扬州名妓李端端。 ⑧至圣：指孔子，名丘，字仲尼，中国古代思想家、政治家、教育家，儒家学派创始人，被尊为至圣先师。⑨陈俎豆：陈，摆设；俎、豆，古代祭祀用的礼器。《史记·孔子世家》："孔子为儿嬉戏，常陈俎豆，设礼容。" ⑩老莱：即老莱子，相传春秋时楚国老莱子事亲至孝，年七十，常着五色斑斓衣，作婴儿戏。上堂故意仆地，以博父母一笑。后遂用"彩衣娱亲"为孝养父母之典。 ⑪七秩（zhì）：十年为一秩，七秩即七十岁。 ⑫斓，古代上下衣相连的服装。

《响雪》

《西湖黄龙洞》

笠翁对韵

十五删

上卷 · 十五删

其一

林对坞[①]，
岭对峦。
昼永[②]对春闲。
谋深对望重，
任大对投艰[③]。
裙袅袅，
佩珊珊。
守塞对当关。
密云千里合，
新月一钩弯。
叔宝[④]君臣皆纵逸，
重华父母是嚚顽[⑤]。
名动帝畿，
西蜀三苏[⑥]来日下[⑦]；
壮游京洛，
东吴二陆[⑧]起云间[⑨]。

---

①坞：四面如屏的花木深处。 ②昼永：白昼漫长。 ③投艰：赋予重任。 ④叔宝：指南朝陈后主，名叔宝，字符秀，陈末代皇帝，在位期间，荒废朝政，耽于酒色，醉心诗文和音乐，终至亡国。 ⑤重华父母是嚚顽：重华，指舜，名重华，上古五帝之一，受尧禅让，晚年又禅位于禹，为儒家理想的君主代表。传说舜的父亲瞽叟、弟弟象都是顽愚贪婪之人，但舜始终孝顺父母，友于兄弟。嚚（yín）顽：愚蠢而顽固。 ⑥三苏：指北宋文学家苏洵及其子苏轼、苏辙，世称“三苏”，四川眉山人，父子三人都为古代著名文学家，同列入“唐宋八大家”。 ⑦日下：指京都。古代以帝王比日，因以皇帝所在地为“日下”。 ⑧二陆：指西晋陆机、陆云兄弟，吴郡人，参见前文“七虞”其三（P56）“机云”注。 ⑨云间：陆云曾自称“云间陆士龙”，以与西晋中原名士荀隐自称“日下荀鸣鹤”相对。

《三酸图》

其二

临对仿，
吝对悭①。
讨逆对平蛮。
忠肝对义胆，
雾鬓对云鬟。
埋笔冢②，
烂柯山③。
月貌对天颜。
龙潜终得跃，
鸟倦亦知还。
陇树飞来鹦鹉绿，
湘筠④啼处鹧鸪斑。
秋露横江，
苏子月明游赤壁⑤；
冻云迷岭，
韩公雪拥过蓝关⑥。

---

①吝、悭（qiān）：都为吝啬之意。 ②埋笔冢（zhǒng）：书法家埋藏废笔的处所。唐代书法家僧怀素好草书，弃笔堆积，埋于山下，号曰“笔冢”。 ③烂柯（kē）：传说晋时王质伐木山中，见童子下棋一时入迷，等发觉时，看见斧柄都已朽烂，归来后，与之同时之人都已去世。后以“烂柯”谓岁月流逝，人事变迁。柯，斧柄。 ④湘筠（yún）：即湘妃竹，又称斑竹，一种茎上有紫褐色斑点的竹子。传说尧之二女，为舜之二妃，舜帝崩，二妃啼，以涕挥竹，竹尽斑。筠，竹子。 ⑤赤壁：宋代苏轼贬居黄州时，游赤壁，作《赤壁赋》《后赤壁赋》及《念奴娇·赤壁怀古》等，俱为千古名篇。 ⑥蓝关：即蓝田关，唐代韩愈被贬潮州，途经蓝田关，作《左迁至蓝关示侄孙湘》诗：“云横秦岭家何在？雪拥蓝关马不前。”

《水墨山水》

《万县山水城》

笠翁对韵

下卷

笠翁对韵下卷

《犟牛图》

笠翁对韵

一先

下卷 · 一先

其一

寒对暑，
日对年。
蹴踘①对秋千。
丹山对碧水，
淡雨对轻烟。
歌宛转，
貌婵娟②。
雪赋对云笺③。
荒芦栖南雁，
疏柳噪秋蝉。
洗耳④尚逢高士笑，
折腰⑤肯受小儿怜。
郭泰泛舟，
折角半垂梅子雨；
山涛⑥骑马，
接篱⑦倒着杏花天。

---

①蹴踘（cù jū）：我国古代的一种足球运动，用以练武、娱乐、健身。战国时已流行。蹴，踩踏。踘，古代一种带柔软填充物的皮球。 ②婵娟：姿态美好貌。 ③云笺（jiān）：有云状花纹的纸。 ④洗耳：表示厌闻污浊之声。传说尧欲禅位给许由，许由不欲闻之，洗耳于水边。 ⑤折腰：晋代陶渊明为县令，曰："吾不能为五斗米折腰。"辞官而去。后以"折腰"为屈身事人之典。 ⑥山涛：字巨源，三国至西晋时期名士、政治家，"竹林七贤"之一。 ⑦接篱：即白接篱，参见前文"十二文"其一（P96）"白接"注。

《陆地秋风起》

其二

轻对重，
脆对坚。
碧玉对青钱①。
郊寒对岛瘦②，
酒圣③对诗仙④。
依玉树⑤，
步金莲⑥。
凿井对耕田。
杜甫⑦清宵立，
边韶⑧白昼眠。
豪饮客吞波底月⑨，
酣游人醉水中天。
斗草青郊，
数行宝马嘶金勒⑩；
看花紫陌⑪，
十里香车拥翠钿⑫。

①青钱：即青铜钱。 ②郊寒、岛瘦：唐代孟郊、贾岛之诗，清峭瘦硬，好作苦语，故有此谓。 ③酒圣：谓豪饮的人。唐代李白《月下独酌》诗："所以知酒圣，酒酣心自开。" ④诗仙：诗才飘逸如神仙的诗人，一般指唐代诗人李白，参见前文"五微"其一（P36）"太白"注。 ⑤玉树：神话传说中的仙树，后以"玉树"称美佳子弟。魏明帝使毛曾与玄学名士夏侯玄共坐，时人谓之"兼葭倚玉树"。 ⑥金莲：南朝齐东昏侯以金为莲花贴地，令潘妃行其上，曰："步步生莲花也。"后以金莲指女子纤足。 ⑦杜甫：字子美，自号少陵野老，唐代伟大的现实主义诗人，被后世尊为"诗圣""诗史"，与李白合称"李杜"。作《恨别》诗："思家步月清宵立，忆弟看云白日眠。" ⑧边韶：字孝先，东汉学者，以口才文章著名。曾经白天假卧，自谓与周公通梦。 ⑨波底月：传说李白晚年醉酒，欲捞水底之月，溺水而死。 ⑩金勒：金饰的带嚼口的马络头。 ⑪紫陌(mò)：指京师郊野的道路。唐代刘禹锡《元和十一年自朗州召至京，戏赠看花诸君子》诗："紫陌红尘拂面来，无人不道看花回。" ⑫翠钿(diàn)：用翠玉制成的首饰。

《午睡图》

其三

吟对咏，
授对传。
乐矣对凄然。
风鹏①对雪雁，
董杏②对周莲③。
春九十④，
岁三千。
钟鼓对管弦。
入山逢宰相⑤，
无事即神仙。
霞映武陵⑥桃淡淡，
烟荒隋苑⑦柳绵绵。
七碗⑧月团⑨，
啜罢清风生腋下；
三杯云液⑩，
饮余红雨晕腮边。

①风鹏：《庄子·逍遥游》："鹏之徙于南冥也，水击三千里，抟扶摇而上者九万里……则风斯在下矣。"后以"风鹏"比喻得时势有作为的人。 ②董杏：三国时东吴董奉治病，令愈者种杏树五株，杏遂成林。 ③周莲：宋代周敦颐爱莲，作《爱莲说》。 ④春九十：指春季的三个月九十天。 ⑤入山逢宰相：南朝梁陶弘景隐居山中，梁武帝常以书信咨询国事，人称为山中宰相。 ⑥武陵：晋代陶渊明《桃花源记》："晋太元中，武陵人捕鱼为业。缘溪行，忘路之远近。忽逢桃花林。" ⑦隋苑：隋炀帝时在扬州所建御苑，即上林苑，又名西苑。 ⑧七碗：唐代卢仝《走笔谢孟谏议新茶》诗："七碗吃不得也，唯觉两腋习习清风生。" ⑨月团：茶名。唐代卢仝《走笔谢孟谏议新茶》诗："开缄宛见谏议面，手阅月团三百片。" ⑩云液：谓酒。唐代白居易《对酒闲吟赠同老者》诗："云液洒六腑，阳和生四肢。"

《苦吟图》

其四

中对外，
后对先。
树下对花前。
玉树对金屋，
叠嶂①对平川②。
孙子策③，
祖生鞭④。
盛席对华筵。
解醉知茶力，
消愁识酒权。
丝剪芰荷⑤开冻沼，
锦妆凫雁泛温泉。
帝女衔石，
海中遗魄为精卫⑥；
蜀王叫月，
枝上游魂化杜鹃⑦。

---

①叠嶂：重叠的山峰。 ②平川：广阔平坦之地。 ③孙子策：春秋战国时孙武、孙膑，古代著名军事家，著有《孙子兵法》《孙膑兵法》。 ④祖生鞭：晋代祖逖与刘琨同寝，闻鸡鸣，祖逖催促刘琨同起习武，刘琨曰：“祖生先吾着鞭。”后因以“先鞭”为先行、占先之典。 ⑤芰(jì)荷：指菱叶与荷叶。 ⑥精卫：古代神话中鸟名。传说本为炎帝小女儿，溺死于东海，化为精卫鸟衔石填海。 ⑦杜鹃：鸟名，又名杜宇、子规。相传为古蜀王杜宇之魂所化，其声哀切。

《画山侧影》

《人在万点梅花中》

笠翁对韵

二萧

下卷 · 二萧

其一

琴对管，
斧对瓢。
水怪对花妖。
秋声对春色，
白缣[1]对红绡[2]。
臣五代[3]，
事三朝[4]。
斗柄[5]对弓腰。
醉客歌金缕[6]，
佳人品玉箫。
风定落花闲不扫，
霜余残叶湿难烧。
千载兴周，
尚父[7]一竿投渭水；
百年霸越，
钱王[8]万弩射江潮。

①缣(jiān)：双丝织的浅黄色细绢，古代用为货币或赏赐酬谢的礼物。 ②绡(xiāo)：薄的生丝织品；轻纱。 ③臣五代：五代时冯道，字可道，号长乐老，历事后唐、后晋、辽、后汉、后周五朝。 ④事三朝：南朝沈约，字休文，文学家、史学家，历事南朝宋、齐、梁三朝。 ⑤斗柄：北斗柄。北斗七星中，第一至第四星象斗，第五至第七星象柄。 ⑥金缕：即《金缕曲》，词牌名。 ⑦尚父：指周代吕望，被周武王尊为尚父，参见前文“一东”其三（P8）“吕望”注。 ⑧钱王：指五代十国时吴越王钱镠，作御潮铁柱于江中，未成而潮至。王命万弩射之，潮果退。

《钱塘江远眺》

其二

荣对悴①，
夕对朝。
露地对云霄。
商彝②对周鼎，
殷濩③对虞韶④。
樊素口，
小蛮⑤腰。
六诏⑥对三苗⑦。
朝天车奕奕⑧，
出塞马萧萧。
公子幽兰重泛舸⑨，
王孙芳草正联镳⑩。
潘岳⑪高怀，
曾向秋天吟蟋蟀；
王维⑫清兴，
尝于雪夜画芭蕉。

---

①悴（cuì）：枯萎；憔悴。 ②商彝(yí)：古代宗庙常用礼器名。 ③殷濩(huò)：指《大濩》，古代乐舞名，传说为商汤所作。 ④虞韶：指虞舜时的《韶》乐。 ⑤樊素、小蛮：唐代白居易之二妾名。白居易有诗云："樱桃樊素口，杨柳小蛮腰。" ⑥六诏：唐代位于今云南及四川西南的六个少数民族部落的总称。唐时，我国西南部的少数民族称王为诏。 ⑦三苗：古国名，其地约在今湖南、湖北。 ⑧奕奕：训练娴熟貌，《诗经·小雅·车攻》："驾彼四牡，四牡奕奕。" ⑨舸（gě）：大船。 ⑩联镳(biāo)：并马而行。镳，马嚼子。 ⑪潘岳：即潘安，本名潘岳，西晋文学家，参见前文"十四寒"其二（P112）"潘安"注。作《秋兴赋》："蟋蟀鸣乎轩屏"。 ⑫王维：字摩诘，号摩诘居士，唐代著名诗人、画家。据说曾画《雪中芭蕉》，不合时令，只取远神，不拘细节。

《芭蕉美人》

其三

耕对读，
牧对樵。
琥珀对琼瑶[1]。
兔毫[2]对鸿爪[3]，
桂楫[4]对兰桡[5]。
鱼潜藻[6]，
鹿藏蕉[7]。
水远对山遥。
湘灵[8]能鼓瑟，
嬴女[9]解吹箫。
雪点寒梅横小院，
风吹弱柳覆平桥。
月牖通宵，
绛蜡[10]罢时光不灭；
风帘当昼，
雕盘停后篆[11]难消。

---

①琼瑶：美玉。 ②兔毫：用兔毛制成的笔。亦泛指毛笔。 ③鸿爪：宋代苏轼《和子由渑池怀旧》诗："人生到处知何似，应似飞鸿踏雪泥，雪上偶然留爪印，鸿飞那复计东西。"后用"鸿爪"比喻往事留下的痕迹。 ④桂楫：桂木船桨，亦指华丽的船。 ⑤桡（ráo）：船桨。 ⑥鱼潜藻：唐代白居易《玩松竹二首其一》诗："栖凤安于梧，潜鱼乐于藻。" ⑦鹿藏蕉：《列子·周穆王》："郑人有薪者，遇鹿而毙之，藏诸泥中，覆之以蕉，俄而失其处，遂以为梦，顺途而道其事。傍闻者取之，归告室人曰：薪者梦得鹿，不知其处，我今得之，彼真在梦中矣。" ⑧湘灵：古代传说中的湘水之神。《楚辞·远游》："使湘灵鼓瑟兮。" ⑨嬴女：指秦穆公女弄玉，嫁善吹箫之萧史，向萧史学箫作凤鸣，穆公为作凤台以居之。后夫妻乘凤飞天仙去。秦国君为嬴氏。 ⑩绛蜡：红色的蜡烛。 ⑪篆（zhuàn）：指焚香时所起的烟缕。因其曲折似篆文，故称。

《牧归》

《凌云山顶》

笠翁对韵

三肴

下卷 · 三肴

其一

诗对礼，
卦[1]对爻[2]。
燕引对莺调。
晨钟对暮鼓，
野蔌[3]对山肴。
雉方乳[4]，
鹊始巢。
猛虎对神獒[5]。
疏星浮荇[6]叶，
皓月上松梢。
为邦自古推瑚琏[7]，
从政于今愧斗筲[8]。
管鲍[9]相知，
能交忘形[10]胶漆[11]友；
蔺廉[12]有隙，
终为刎颈[13]死生交。

---

①卦：《周易》中一套有象征意义的符号。以阳爻、阴爻相配合，每卦三爻，组成八卦，八卦互相重叠，组成六十四卦。 ②爻(yáo)：《周易》中组成卦的符号，分为阳爻和阴爻。 ③蔌(sù)：蔬菜。 ④雉方乳：东汉鲁恭为中牟令，治理有方，河南尹袁安闻之，使人往看，行至桑下，见有野鸡，儿童因知其将产卵而不捕。乳，鸟兽产卵或产子。 ⑤神獒：猛犬。 ⑥荇(xìng)：多年生水生草本植物，嫩时可食，亦可入药。《诗·周南·关雎》："参差荇菜，左右流之。" ⑦瑚琏：瑚、琏皆宗庙礼器。用以比喻治国安邦之才。 ⑧斗筲(shāo)：斗容十升；筲，竹器，容一斗二升，皆量小的容器。喻人的才识短浅，气量狭窄。 ⑨管鲍：春秋时管仲和鲍叔牙的并称。两人相知最深。后常用以比喻交谊深厚的朋友。 ⑩忘形：谓朋友相处不拘形迹。 ⑪胶漆：胶与漆都为黏结之物，比喻情谊极深，亲密无间。 ⑫蔺(lìn)廉：战国时廉颇为赵国大将，蔺相如后来居上，廉颇不服，欲羞辱蔺，蔺为了赵国的利益，处处退让。廉颇闻之，负荆请罪，两人遂为刎颈之交。 ⑬刎(wěn)颈：割脖子自杀。刎颈之交意指可托生死。

《无腔》

其二

歌对舞，
笑对嘲。
耳语对神交[1]。
焉乌[2]对亥豕[3]，
獭髓[4]对鸾胶[5]。
宜久敬，
莫轻抛。
一气[6]对同胞。
祭遵[7]甘布被，
张禄[8]念绨袍。
花径风来逢客访，
柴扉月到有僧敲。
夜雨园中，
一颗不凋王子柰[9]；
秋风江上，
三重曾卷杜公茅[10]。

---

①神交：指彼此慕名而未谋面的交谊。 ②焉乌："焉""乌"二字繁体形似，因泛指字形相似而易混淆的汉字。 ③亥豕："亥"和"豕"的篆文字形相似，容易混淆。后用以指书籍传写或刊印中文字因形近而误。 ④獭髓：獭的骨髓。相传与玉屑、琥珀和合，可作灭疤痕的贵重药物。 ⑤鸾胶：传说西海中有凤麟洲，多仙家，煮凤喙麟角合煎作膏，能续弓弩已断之弦，名续弦胶，亦称"鸾胶"。 ⑥一气：声气相通，多喻兄弟。 ⑦祭(zhài)遵：东汉光武帝之将军，为人廉约小心，克己奉公，赏赐尽与士卒，家无私财，甘愿盖一床普通的布被子。 ⑧张禄：战国时范雎在魏国被须贾所害，后改名张禄，为秦相，位高权重，装作落魄再见须贾，须贾不知，以己绨袍赠之。范雎见须贾尚念旧情，便不再过分为难须贾。 ⑨王子柰(nài)：魏晋时王祥遭后母之忌，命护园中柰，落则遭鞭打。祥抱树大哭，柰一颗不落。柰，一种水果。 ⑩杜公茅：唐代杜甫作《茅屋为秋风所破歌》诗："八月秋高风怒号，卷我屋上三重茅。"

《布袋和尚图》

其三

衙对舍，
廪[1]对庖[2]。
玉磬对金铙[3]。
竹林对梅岭，
起凤对腾蛟。
鲛绡[4]帐，
兽锦[5]袍。
露果对风梢。
扬州输橘柚，
荆土贡菁茅[6]。
断蛇埋地称孙叔[7]，
渡蚁作桥识宋郊[8]。
好梦难成，
蛩响阶前偏唧唧；
良朋远至，
鸡声窗外正嚟嚟[9]。

---

①廪(lǐn)：粮仓。 ②庖(páo)：厨房。 ③金铙(náo)：古军乐器名，"四金"之一。《周礼·地官·鼓人》："以金铙止鼓。" ④鲛绡：传说南海有鲛人，水居如人，其所织之绡，称为鲛绡。 ⑤兽锦：织有兽形图案的锦绣。 ⑥菁茅：香草名，古代祭祀时用以过滤酒。 ⑦孙叔：即孙叔敖，战国时楚国人，幼时见两头蛇，杀而埋之，恐后有人见而致死。 ⑧宋郊：即宋庠，初名郊，字伯庠，入仕后改名庠，更字公序，北宋大臣，传说其见蚂蚁为雨所溺，渡而活之，后考中状元。 ⑨嚟嚟(jiāojiāo)：象声词，多指动物叫声。

《何事柴桑翁，倚石觅新句。
松风飒然来，悠悠澹神虑》

《妙趣天成》

笠翁对韵

四豪

下卷 · 四豪

其一

茭[1]对茨[2]，
荻对蒿[3]。
山麓[4]对江皋[5]。
莺簧[6]对蝶板[7]，
麦浪对松涛。
骐骥[8]足，
凤凰毛。
美誉对嘉褒。
文人窥蠹简[9]，
学士书兔毫[10]。
马援[11]南征载薏苡，
张骞[12]西使进葡萄。
辩口悬河[13]，
万语千言常亹亹[14]；
词源倒峡[15]，
连篇累牍自滔滔。

①茭(jiāo)：一种喂牲口的干草。 ②茨(cí)：一种水生带刺植物。 ③荻、蒿：都为野草。 ④山麓：山脚。 ⑤江皋：江岸，江边地。 ⑥莺簧：黄莺的鸣声。以其声如笙簧奏乐，因称。 ⑦蝶板：蝴蝶翅膀开合的样子如同乐器中的拍板。板，古乐器中用于打拍子的板片。 ⑧骐骥：骏马。 ⑨蠹(dù)简：被虫蛀坏的书，泛指破旧书籍。 ⑩兔毫：用兔毛制成的笔，亦泛指毛笔。 ⑪马援：东汉开国名将，曾征交趾，以薏苡(yì yǐ)能治瘴病，欲以为种，军还，载之一车，时人以为满载南土珍宝而归。 ⑫张骞：西汉杰出的外交家、探险家，丝绸之路的开拓者。汉武帝时奉命出使西域，将葡萄、苜蓿等西域物种带回汉地。 ⑬悬河：比喻论辩滔滔不绝或文辞流畅奔放。 ⑭亹亹(wěiwěi)：谓诗文或谈论动人，有吸引力，使人不知疲倦。 ⑮词源倒峡：谓诗文雄健有力，气势豪迈。唐代杜甫《醉歌行》诗：“词源倒流三峡水，笔阵横扫千人军。”

《阳朔木山村渡头》

其二

梅对杏，
李对桃。
棫朴[1]对旄旄[2]。
酒仙[3]对诗史[4]，
德泽[5]对恩膏[6]。
悬一榻[7]，
梦三刀[8]。
拙逸对贤劳。
玉堂花烛绕，
金殿月轮高。
孤山看鹤盘云下，
蜀道闻猿向月号。
万事从人，
有花有酒应自乐；
百年皆客，
一丘一壑尽吾豪。

①棫(yù)朴：两种树名，白桵和枹木。《诗·大雅·棫朴》：“芃芃棫朴，薪之槱之。” ②旄旄（máo）：军中用以指挥的旗子。 ③酒仙：指李白，参见前文“五微”其一（P36）“太白”注。 ④诗史：指杜甫，参见前文“一先”其二（P128）“杜甫”注。 ⑤德泽：恩德，恩惠。 ⑥恩膏：犹恩泽。 ⑦悬一榻：后汉徐稚，字孺子，家贫，有德行，当时陈蕃为豫章太守，不接待宾客，只特设一榻待徐稚，徐来则放下，徐走后即悬起。 ⑧梦三刀：魏晋时王浚夜梦三刀，后又加一把悬于卧屋梁上，主簿李毅曰：“三刀为州字，又益一者。”益，增加。后王浚果然任益州刺史。

《醉归图》

其三

台对省①，
署对曹②。
分袂③对同袍④。
鸣琴对击剑，
返辙⑤对回艚⑥。
良借箸⑦，
操捉刀⑧。
香茶对醇醪⑨。
滴泉归海大，
篑⑩土积山高。
石室客来煎雀舌⑪，
画堂宾至饮羊羔⑫。
被谪贾生，
湘水凄凉吟鵩鸟⑬；
遭谗屈子⑭，
江潭憔悴著离骚。

---

①台、省：汉代的尚书台，三国魏的中书省，都是代表皇帝发布政令的中枢机关。后因以“台省”指政府的中央机构。 ②署、曹：古代分科办事的官署或部门。 ③分袂：离别。 ④同袍：语出《诗·秦风·无衣》：“岂曰无衣，与子同袍。”后军人用以互称，亦谓兄弟，泛指朋友、同年、同僚、同学等。 ⑤返辙：回车，返行。 ⑥艚(cāo)：小船。 ⑦良借箸：汉初张良遇高祖进食时，即席借筷子为高祖出谋画策。 ⑧操捉刀：曹操将接见匈奴来使，自以为形陋不足以雄远国，使崔季珪代，自己捉刀立床头。会见完毕，使曰：“魏王雅量非常，然床头捉刀人，此乃英雄也。”捉，握持。 ⑨醇醪（láo）：味厚的美酒。 ⑩篑(kuì)：古代盛土的筐子。 ⑪雀舌：茶名，一种以嫩芽焙制的上等茶。 ⑫羊羔：酒名。元代宋伯仁《酒小史》：“山西羊羔酒。” ⑬鵩（fú）鸟：西汉贾谊谪居长沙时作《鵩鸟赋》，参见前文“十二文”其二（P98）“贾谊”注。 ⑭屈子：即屈原，战国时期楚国政治家、文学家，遭谗言诬陷，被流放至湘江一代，悲愤而作《离骚》，为楚辞中的代表性作品。

《桂林小东江》

《三仙观》　速写

笠翁对韵

五歌

下卷 · 五歌

其一

微对巨，
少对多。
直干对平柯[①]。
蜂媒对蝶使，
雨笠对烟蓑。
眉淡扫，
面微酡。
妙舞对清歌。
轻衫裁夏葛，
薄袂剪春罗。
将相兼行唐李靖[②]，
霸王杂用[③]汉萧何[④]。
月本阴精，
岂有羿妻[⑤]曾窃药；
星为夜宿，
浪传[⑥]织女漫投梭。

①柯：草木的枝茎。 ②李靖：字药师，唐初著名军事家，唐朝开国功臣。 ③霸王杂用：西汉统治思想，以“霸道”的威权和“王道”的仁政兼行。 ④萧何：汉初三杰之一，西汉开国丞相。 ⑤羿妻：指后羿之妻嫦娥，偷服长生药后飞升月宫。 ⑥浪传：犹言风传，盛传。

《执扇仕女》

其二

慈对善，
虐对苛。
缥缈对婆娑。
长杨对细柳[1]，
嫩蕊对寒莎[2]。
追风马[3]，
挽日戈[4]。
玉液对金波。
紫诏[5]衔丹凤[6]，
黄庭换白鹅[7]。
画阁江城[8]梅作调，
兰舟野渡竹为歌[9]。
门外雪飞，
错认空中飘柳絮[10]；
岩边瀑响，
误疑天半落银河[11]。

---

①长杨：汉代长安宫殿名。细柳：汉代周亚夫曾在细柳安营驻军。 ②莎(suō)：莎草，多年生草本植物，地下根块可入药，名香附子。 ③追风马：周穆王八匹骏马之一，名追风。 ④挽日戈：传说战国时楚国的鲁阳公正和韩国军队激战之时，眼见太阳落山，便举戈挥向太阳，结果太阳又从西边退回半空，两国军队继续大战。 ⑤紫诏：即紫泥书，指皇帝诏书。古人以泥封书信，泥上盖印，皇帝诏书则用紫泥。 ⑥丹凤：十六国时后赵石虎将诏书置于木凤口中，牵绳从楼上放下，谓之凤诏。 ⑦黄庭换白鹅：晋代王羲之爱鹅，曾书写《黄庭经》向山阴道士换取其所养白鹅。 ⑧江城：唐代李白《与史郎中钦听黄鹤楼上吹笛》诗：“黄鹤楼中吹玉笛，江城五月落梅花。” ⑨竹为歌：指《竹枝词》，乐府曲之一。 ⑩飘柳絮：晋代才女谢道韫咏雪曰：“未若柳絮因风起。”后用以为女子有诗才之典。 ⑪落银河：唐代李白《香炉峰瀑布》诗：“飞流直下三千尺，疑是银河落九天。”

《羲之笼鹅》

其三

松对竹，
荇对荷。
薜荔对藤萝。
梯云对步月①，
樵唱对渔歌。
升鼎雉②，
听经鹅③。
北海④对东坡⑤。
吴郎⑥哀废宅，
邵子⑦乐行窝。
丽水⑧良金皆待冶，
昆山⑨美玉总须磨。
雨过皇州，
琉璃色灿华清⑩瓦；
风来帝苑，
荷芰香飘太液⑪波。

---

①步月：谓月下散步。 ②升鼎雉：传说商王武丁时，有野鸡飞上庙鼎而鸣，被认为是吉兆。 ③听经鹅：传说东晋高僧慧远饲养的鹅能听经说法。 ④北海：指孔融，字文举， 东汉末年文学家，“建安七子”之一，曾任北海相，世称孔北海。 ⑤东坡：指苏轼，参见前文“十灰”其三（P84）“苏子”注。其贬居黄州时，在其居处附近开荒耕种，名曰东坡，并自号东坡居士，世称苏东坡。 ⑥吴郎：唐代吴融有《废宅》诗：“风飘碧瓦雨摧垣，却有邻人与锁门。” ⑦邵子：宋代邵雍名其居为安乐窝。 ⑧丽水：古水名，地处荆南之地，水中产金沙。 ⑨昆山：即昆仑山，山中产美玉。 ⑩华清：即唐代行宫临潼华清池。 ⑪太液：汉、唐代皇宫苑内均有太液池。

《采莲图》

其四

笼对槛，
巢对窝。
及第对登科①。
冰清对玉润，
地利对人和。
韩擒虎②，
荣驾鹅③。
青女④对素娥⑤。
破头朱泚⑥笏，
折齿谢鲲⑦梭。
留客酒怀应恨少，
动人诗句不须多。
绿野凝烟，
但听村前双牧笛；
沧江积雪，
惟看滩上一渔蓑。

---

①及第、登科：都指科举应试中选。 ②韩擒虎：隋代将领，攻灭陈朝，立有大功。 ③荣驾鹅：春秋时鲁国大夫。 ④青女：神话中的霜神。 ⑤素娥：即月中嫦娥，因月色白，故又称素娥。 ⑥朱泚(zǐ)：唐末权臣，欲借兵变窃取皇位，被唐室忠臣段秀实以笏击破其头。 ⑦谢鲲：晋代名士，出身高门陈郡谢氏。《晋书·谢鲲传》："邻家高氏女有美色，鲲尝挑之，女投梭，折其两齿。"

《暮韵图》

《新分黄牛牵到家》

笠翁对韵

六麻

下卷 · 六麻

其一

清对浊，
美对嘉。
鄙吝对矜夸。
花须对柳眼①，
屋角对檐牙②。
志和③宅，
博望槎④。
秋实对春华。
乾炉烹白雪，
坤鼎炼丹砂。
深宵望冷沙场月，
边塞听残野戍笳。
满院松风，
钟声隐隐为僧舍；
半窗花月，
锡⑤影依依是道家⑥。

①花须、柳眼：花蕊形似人的胡须，早春初生的柳叶如人睡眼初展，因以为称。唐代李商隐《二月二日》诗："花须柳眼各无赖，紫蝶黄蜂俱有情。" ②檐(yán)牙：屋檐翘出如牙的部分。 ③志和：指张志和，唐代诗人，因事遭贬后隐居江湖，以天为庐，明月为伴，自号"烟波钓徒"。 ④博望槎(chá)：博望，指张骞，封博望侯。传说汉武帝令张骞使大夏，寻河源。乘槎经月，到达天上牛郎、织女所居之处。槎，木筏。 ⑤锡：指顶端有锡环的禅杖，僧人随身携带，故古时称僧人住处为"驻锡"。 ⑥道家：指佛教。古代道家并非专指道教而言，亦常指佛教。

《嘉定大佛》

其二

雷对电，
雾对霞。
蚁阵对蜂衙①。
寄梅②对怀橘③，
酿酒对烹茶。
宜男草④，
益母花⑤。
杨柳对蒹葭⑥。
班姬⑦辞帝辇，
蔡琰⑧泣胡笳。
舞榭歌楼千万户，
竹篱茅舍两三家。
珊枕⑨半床，
月明时梦飞塞外；
银筝一曲，
花落处人在天涯。

---

①蜂衙：群蜂早晚聚集，簇拥蜂王，如旧时官吏到上司衙门排班参见。宋代陆游《睡起至园中》诗：“更欲世间同省事，勾回蚁阵放蜂衙。” ②寄梅：赠送梅花。南朝宋陆凯与范晔相善，自江南寄梅花一枝与长安的范晔，并赠诗：“江南无所有，聊赠一枝春。”后以“寄梅”借指对亲朋的思念和问候。 ③怀橘：三国时陆绩六岁拜见袁术时，从席上拿了三个橘子藏在怀中，欲带给自己的母亲。后以“怀橘”为思亲、孝亲的典故。 ④宜男草：即萱草，古代人迷信孕妇佩戴宜男草可以生男孩。 ⑤益母花：益母草的花，夏季开放。⑥蒹葭(jiān jiā)：芦苇。 ⑦班姬：指西汉成帝时的班婕妤，善诗赋，有美德，有宠而不与成帝同车出行，认为君王应由贤臣伴于左右，只有昏君才由妃子陪伴在侧。辇（niǎn），帝王及后妃所乘的车。 ⑧蔡琰：字文姬，东汉文学家蔡邕之女，富有才名。战乱中被掳入匈奴，后由曹操重金赎回，回归汉地途中写下《胡笳十八拍》组诗以述说自己的不幸遭遇。胡笳，匈奴所吹的一种乐器。 ⑨珊枕：珊瑚色的枕头，即红色的枕头。

《抱琴仕女》

其三

圆对缺，
正对斜。
笑语对咨嗟[①]。
沈腰对潘鬓[②]，
孟笋[③]对卢茶[④]。
百舌鸟[⑤]，
两头蛇[⑥]。
帝里对仙家。
尧仁敷[⑦]率土[⑧]，
舜德被[⑨]流沙[⑩]。
桥上授书曾纳履[⑪]，
壁间题句已笼纱[⑫]。
远塞迢迢，
露碛[⑬]风沙何可极；
长江渺渺，
雪涛烟浪信无涯。

---

①咨嗟(zī jiē)：赞叹，叹息。 ②沈腰、潘鬓：南朝梁沈约言己老病，腰围日瘦。晋代潘岳自谓三十二岁鬓角便有白发。南唐李煜《破阵子》词："一旦归为臣虏，沈腰潘鬓销磨。" ③孟笋：传说三国时吴国孟宗母病，思食鲜笋，宗守竹而哭，果生笋。 ④卢茶：唐代诗人卢仝好茶，作《走笔谢孟谏议寄新茶》诗，参见前文"一先"其三（P130）"七碗""月团"注。 ⑤百舌鸟：鸟名。又名反舌鸟、乌鸫。 ⑥两头蛇：蛇之一种。尾颇象头，行动如有双头，故名。古人传说见之者死。 ⑦敷（fū）：传布，散布。 ⑧率土：即"率土之滨"，谓境域之内。《诗·小雅·北山》："率土之滨，莫非王臣。" ⑨被：遍布。 ⑩流沙：沙漠，古代常用来指代极西之域。 ⑪纳履：传说秦末张良遇黄石公于圯桥上，为其拾鞋穿鞋，黄石公认为"孺子可教"，乃传以兵法韬略。 ⑫笼纱：唐代王播早年贫寒，寄居寺庙，曾在墙上题诗，显贵后重游故地，见昔日题壁诗句已被僧人用碧纱笼盖，以示珍贵。 ⑬露碛（qì）：裸露的沙石地，戈壁滩。

《春牛图》

其四

疏对密，
朴对华。
义鹘[①]对慈鸦[②]。
鹤群对雁阵，
白苎[③]对黄麻[④]。
读三到[⑤]，
吟八叉[⑥]。
肃静对喧哗。

围棋兼把钓[⑦]，
沉李并浮瓜[⑧]。
羽客[⑨]片时能煮石，
狐禅[⑩]千劫似蒸沙。
党尉[⑪]粗豪，
金帐笼香斟美酒；
陶生[⑫]清逸，
银铛[⑬]融雪啜[⑭]团茶[⑮]。

---

①义鹘（hū）：传说中知恩图报的猛禽。唐代杜甫作《义鹘》诗，描写鹘杀死白蛇为鹰复仇的义行。 ②慈鸦：传说乌鸦能反哺其母，故称。唐代白居易《慈乌夜啼》诗："慈乌失其母，哑哑吐哀音。" ③白苎（zhù）：白色苎麻，可织布作衣，亦指古代士人未得功名时所穿的布衣。 ④黄麻：古代诏书用黄麻纸书写，亦借指诏书。 ⑤三到：指读书要口到、眼到、心到。 ⑥八叉：唐代诗人温庭筠才思敏捷，八次叉手就可以写成八韵之诗，时人称为"温八叉"。 ⑦把钓：即垂钓。 ⑧沉李、浮瓜：古人消暑，往往置水果于冷水中以求降温。三国魏曹丕《与朝歌令吴质书》："浮甘瓜于清泉，沉朱李于寒水。" ⑨羽客：羽化飞升之人，指神仙或方士。传说神仙片刻就能将石头煮成熟饭。 ⑩狐禅：禅门指妄称开悟、流入邪僻者，后亦泛指异端邪说。佛经认为参狐禅就像蒸沙子，无论多久都无法成为熟饭。劫，佛教一种时间单位，意为极长久的时间。 ⑪党尉：指北宋将领党进，官至太尉。 ⑫陶生：指北宋陶縠，官至礼部尚书。据说陶縠得原党太尉家姬，有次用雪水烹茶，陶曰："党家有此味否？"姬曰："彼但知坐销金帐里，共饮羊羔美酒，浅斟低唱而已。" ⑬铛（chēng）：古代一种有耳和足的锅。 ⑭啜（chuò）：饮。 ⑮团茶：宋代用圆模制成的茶饼。

《茂林清暑图》

《斗牛图》

笠翁对韵

·七阳

下卷·七阳

其一

台对阁，
沼对塘。
朝雨对夕阳。
游人对隐士，
谢女①对秋娘②。
三寸舌③，
九回肠④。
玉液对琼浆。
秦皇照胆镜⑤，
徐肇返魂香⑥。
青萍⑦夜啸芙蓉匣，
黄卷⑧时摊薜荔床。
元亨利贞⑨，
天地一机成化育；
仁义礼智，
圣贤千古立纲常。

①谢女：指晋代才女谢道韫，人称“咏絮才”，参见前文“五歌”其二（P162）“飘柳絮”注。 ②秋娘：指唐代李锜妾杜秋娘，有诗才，作《金缕衣》诗：“劝君莫惜金缕衣，劝君惜取少年时。” ③三寸舌：犹后世所谓“三寸不烂之舌”。《史记·留侯世家》：“今以三寸舌，为帝者师，封万户，位列侯。” ④九回肠：愁肠反复翻转，比喻忧思郁结难解。西汉司马迁《报任少卿书》：“是以肠一日而九回。” ⑤照胆镜：相传秦始皇咸阳宫中有大方镜，能照见五脏病患。有邪心者，以此镜照之，可见胆张心动。 ⑥返魂香：传说宋代司天主簿徐肇，遇苏德哥为其燃返魂香，烟气中见到了徐肇的父母祖辈，德哥云，死经八十年以上者，则不可返。 ⑦青萍：古宝剑名。 ⑧黄卷：指道书或佛经。因佛道两家写书多用黄纸。 ⑨元亨利贞：《周易》乾卦之四德：“乾，元亨利贞。”元，始也；亨，通也；利，和也；贞，正也。

《天都峰》

其二

红对白，
绿对黄。
昼永对更长。
龙飞对凤舞，
锦缆对牙樯①。
云弁使②，
雪衣娘③。
故国对他乡。
雄文能徙鳄④，
艳曲为求凰⑤。
九日高峰惊落帽⑥，
暮春曲水喜流觞⑦。
僧占名山，
云绕茂林藏古殿；
客栖胜地，
风飘落叶响空廊。

①牙樯(qiāng)：象牙装饰的桅杆。一说桅杆顶端尖锐如牙，故名。后为桅杆的美称。唐代杜甫《秋兴》诗之六：“珠帘绣柱围黄鹄，锦缆牙樯起白鸥。” ②云弁（biàn）使：亦作青弁使者，指蜻蜓。弁，帽子。 ③雪衣娘：即白鹦鹉，唐代天宝中，岭南献白鹦鹉，养之宫中，聪慧能言，唐玄宗及杨贵妃皆呼其为雪衣女。 ④徙鳄：唐代韩愈任潮州刺史时，当地有鳄鱼伤人，便作《祭锷鱼文》驱之，为民除害。传说鳄鱼连夜迁徙而去。 ⑤求凰：汉代司马相如作琴歌《凤求凰》向卓文君求爱。后因称男子求偶为“求凰”。 ⑥落帽：东晋名士孟嘉在重阳节登山游玩，被风吹掉帽子都没有发觉，仍谈笑自如。后因以“落帽”作为重九登高的典故。 ⑦流觞（shāng）：古代习俗，每逢暮春三月上旬的巳日，人们于水边相聚宴饮，认为可祓除不祥。在环曲的水的上流放置酒杯，任其顺流而下，杯停在谁的面前，谁就取饮，称为“流觞曲水”。晋代王羲之《兰亭集序》：“暮春之初，……又有清流激湍，映带左右，引以为流觞曲水。”觞，盛满酒的杯。

《蚬子和尚》

其三

衰对壮，
弱对强。
艳饰对新妆。
御龙①对司马②，
破竹③对穿杨④。
读班马⑤，
识求羊⑥。
水色对山光。
仙棋藏绿橘⑦，
客枕梦黄粱⑧。
池草入诗⑨因有梦，
海棠带恨⑩为无香。
风起画堂，
帘箔影翻青荇沼；
月斜金井，
辘轳声度碧梧墙。

①御龙：复姓。相传夏时刘累学驯养龙以事孔甲，赐姓御龙氏。 ②司马：古代官名，亦为复姓。 ③破竹：劈竹子。喻循势而下，顺利无阻。《晋书·杜预传》："譬如破竹，数节之后，皆迎刃而解，无复着手处也。" ④穿杨：谓射箭能于远处命中杨柳的叶子，指射技精湛。《战国策·西周策》："楚有养由基者，善射，去柳叶者百步而射之，百发百中。" ⑤班马：指东汉班固与西汉司马迁，都为古代著名史学家，班固作《汉书》，司马迁作《史记》。 ⑥求羊：汉代隐士求仲与羊仲的并称。 ⑦绿橘：传说古时有一巴邛人家橘园，霜后两橘大如三斗。剖开，有二老叟相对下棋。 ⑧黄粱：传说唐代卢生在邯郸客店遇道士吕翁，翁亦一枕授之曰：枕此当令子荣适如意。时主人正蒸黄粱，卢生梦入枕中，享尽富贵荣华。及醒，黄粱尚未熟。后因以"黄粱梦"喻虚幻的事和不能实现的欲望。 ⑨池草入诗：晋代诗人谢灵运因梦见族弟惠连，写出《登池上楼》诗中佳句："池塘生春草，园柳变鸣禽。" ⑩海棠带恨：宋代彭渊林生平有五大遗憾，一恨鲥鱼多骨，二恨金桔太酸，三恨莼菜性冷，四恨海棠无香，五恨曾巩不能写诗。

《山水图》

其四

臣对子，
帝对王。
日月对风霜。
乌台[①]对紫府[②]，
雪牖对云房[③]。
香山社[④]，
昼锦堂[⑤]。
蔀屋[⑥]对岩廊。

芬椒[⑦]涂内壁，
文杏[⑧]饰高梁。
贫女幸分东壁影[⑨]，
幽人高卧北窗凉[⑩]。
绣阁探春，
丽日半笼青镜色；
水亭醉夏，
熏风常透碧筒[⑪]香。

---

①乌台：指御史台。据说汉代御史府常有乌鸦数千栖宿其上，晨去暮来。后因称御史府为“乌府”。 ②紫府：道教称仙人所居之所。 ③云房：僧道或隐者所居住的房屋。 ④香山社：即香火社，佛教徒的结社。唐代诗人白居易曾参与，因白居易号香山居士，故又名香山社。 ⑤昼锦堂：北宋节度使魏国公韩琦建昼锦堂，年老退休后在此居住。 ⑥蔀（bù）屋：覆有草席的房子。 ⑦芬椒：汉代皇后所居宫室以椒粉涂抹墙壁，取其香暖多子之义，称“椒居”。祈求多子。 ⑧文杏：在银杏木上雕刻花纹装饰做房梁。 ⑨东壁影：传说战国时齐国有贫女与邻妇共烛光而纺织，邻妇不乐意，女曰：“我贫无烛，一室之中多不为暗，少不为明，何惜东壁余光？” ⑩北窗凉：晋代陶潜《与子俨等疏》：“常言五六月中，北窗下卧，遇凉风暂至，自谓是羲皇上人。” ⑪碧筒：三国时魏国郑悫取大荷叶、荷茎以盛酒，名曰碧筒杯。

《藤架美人》

《夕照中的重庆山城》

笠翁对韵

八庚

下卷·八庚

其一

形对貌，
色对声。
夏邑对周京。
江云对渭树①，
玉磬对银筝。
人老老②，
我卿卿③。
晓燕对春莺。
玄霜舂玉杵④，
白露贮金茎⑤。
贾客君山秋弄笛⑥，
仙人缑岭夜吹笙⑦。
帝业独兴，
尽道汉高能用将⑧；
父书空读，
谁言赵括⑨善知兵。

---

①江云、渭树：唐代杜甫《春日忆李白》诗："渭北春天树，江东日暮云。"后以比喻朋友间深厚的离情别意。 ②老老：以敬老之道侍奉老人。《礼记·大学》："上老老而民兴孝。" ③卿卿：上"卿"字为动词，谓以卿称之；下"卿"字为代词，犹言你。后以"卿卿"作为相互亲昵之称。 ④玉杵（chǔ）：传说唐代裴航坐船遇樊夫人，夫人答诗云："一饮琼浆百感生，玄霜捣尽见云英。蓝桥便是神仙路，何用崎岖上玉京。"后裴航经蓝桥驿，果遇云英送水，裴航以玉杵为聘礼，娶云英，二人俱升仙而去。 ⑤金茎：承露盘的托柱，以铜制成，名金茎。汉武帝迷信神仙，于神明台上作承露盘，立铜仙人舒掌以接甘露，以为饮之可以延年。 ⑥弄笛：传说古代有一商人过洞庭湖之君山，遇仙人吹笛，风浪随着笛声的高低而起落，月光也随着笛声忽明忽暗。 ⑦吹笙：传说周灵王太子晋喜欢吹笙，后来他被仙人招去，乘白鹤飞过缑山时，特地停下向乡人致谢。缑(gōu)岭，山名，在今河南省。 ⑧用将：汉高祖刘邦曾问韩信为何军事能力高过自己，却为己所用，信曰："陛下不善将兵，而善将将。" ⑨赵括：战国人赵括是赵国名将赵奢的儿子，熟读其父兵书，自负超过其父。赵王听信谗言用赵括代替廉颇领军对抗秦军，结果于长平之战兵败被杀，赵军全军覆没。后因谓空谈理论不切实际为"纸上谈兵"。

《天柱阁》 速写

其二

功对业，
性对情。
月上对云行。
乘龙[1]对附骥[2]，
阆苑[3]对蓬瀛[4]。
春秋笔[5]，
月旦评[6]。
东作对西成[7]。
隋珠[8]光照乘，
和璧[9]价连城。
三箭三人[10]唐将勇，
一琴一鹤赵公[11]清。
汉帝求贤，
诏访严滩[12]逢故旧；
宋廷优老，
年尊洛社重耆英[13]。

①乘龙：传说黄帝铸鼎于荆山，有龙下迎黄帝，黄帝乘龙而去，君臣后宫跟从而上天者七十余人。 ②附骥：蚊蝇附在骏马的尾巴上，可以远行千里。比喻依附先辈或名人之后而成名。 ③阆苑：阆风之苑，传说中仙人的住处。 ④蓬瀛：蓬莱和瀛洲，海外仙山名，相传为仙人所居之处。 ⑤春秋笔：《春秋》，鲁国史书。相传为孔子所修。经学家认为它每用一字，必寓褒贬，后因以称曲折而意含褒贬的文字为"春秋笔法"。 ⑥月旦评：汉朝许劭、许靖兄弟每月初一品评当地人物，每个月的评价都有变动，影响到人物的声誉高低。时人称之为"月旦评"。 ⑦东作、西成：春天耕作；秋天庄稼成熟收获。古时以四季与四方相匹配，春季对应东方，秋季对应西方，故称。 ⑧隋珠：传说春秋时隋国国君乘车在路上救了一条蛇，后来蛇自江中衔明珠报答。 ⑨和璧：即和氏璧，楚人卞和得玉璞献给楚王，制成和氏璧。后为赵王所得，秦王向赵王索取，表示愿用十五座城交换，故曰"价连城"。 ⑩三箭三人：唐朝名将薛仁贵征突厥时，连发三箭射死三名敌兵，敌军皆降。军中歌曰："将军三箭定天山，壮士长歌入汉关。" ⑪赵公：指宋代赵抃(biàn)，其赴任成都太守时不带随从，只带一张琴、一只鹤相伴，简朴廉洁。 ⑫严滩：参见前文"五微"其二（P38）"严滩"注。 ⑬耆(qí)英：宋代文彦博在洛阳同富弼、司马光等年老的士大夫聚会为乐，时人称之"洛阳耆英会"。耆，指古时六十岁以上的老人。

《春社醉归》

其三

昏对旦，
晦[1]对明。
久雨对新晴。
蓼湾[2]对花港，
竹友对梅兄。
黄石叟[3]，
丹丘生[4]。
犬吠对鸡鸣。
暮山云外断，
新水月中平。
半榻清风宜午梦，
一犁好雨趁春耕。
王旦登庸，
误我十年迟作相[5]；
刘蕡不第，
愧他多士早成名[6]。

---

①晦（huì）：昏暗；不明亮。 ②蓼（liǎo）湾：长满蓼草的水湾。 ③黄石叟：即黄石公，亦称圯上老人，秦末曾授给张良兵法，参见前文“六麻”其三（P174）“纳履”注。 ④丹丘生：即元丹丘，唐代诗人李白好友。唐代李白《将进酒》诗：“岑夫子，丹丘生，将进酒，杯莫停。” ⑤王旦：北宋宰相王旦任宰相十八年，死后王钦若继任，对人说：“王旦使我迟作十年宰相。” ⑥刘蕡：参见前文“十二文”其二（P98）“刘蕡”注。

《棕下老人》

《杨柳青放风筝》

笠翁对韵

九青

下卷 · 九青

其一

庚对甲，
己对丁[1]。
魏阙[2]对彤庭[3]。
梅妻对鹤子[4]，
珠箔对银屏。
鸳浴沼，
鹭飞汀。
鸿雁对鹡鸰[5]。
人间寿者相，
天上老人星[6]。
八月好修攀桂[7]斧，
三春须系护花铃[8]。
江阁凭临，
一水净连天际碧；
石栏闲倚，
群山秀向雨余青。

---

①庚、甲、己、丁：庚、甲、己、丁，同属于十天干。 ②魏阙：古代宫门外两边高耸的楼观，楼观下常为悬布法令之所。亦借指朝廷。 ③彤庭：汉代宫廷，因以朱漆涂饰，故称。亦泛指皇宫。 ④梅妻、鹤子：参见前文“六鱼”其一（P44）“和靖”注。 ⑤鹡鸰（jí líng）：一种水鸟，《诗·小雅·常棣》：“脊令在原，兄弟急难。”郑玄笺：“水鸟，而今在原，失其常处，则飞则鸣，求其类，天性也。犹兄弟之于急难。”脊令即“鹡鸰”。后以“鹡鸰”比喻兄弟。 ⑥老人星：传说天上有南极老人星，主寿。 ⑦攀桂：攀援月宫中的桂枝，比喻科举登第。 ⑧护花铃：唐玄宗时为保护后宫园中花朵驱赶鸟雀而设置的金铃，以红丝缀于花梢。

《漓江边上》

其二

危对乱，
泰对宁。
纳陛①对趋庭②。
金盘对玉箸，
泛梗对浮萍③。
群玉圃，
众芳亭。
旧典对新型。
骑牛④闲读史，
牧豕⑤自横经。
秋首田中禾颖⑥重，
春余园内菜花馨。
旅次凄凉，
塞月江风皆惨淡；
筵前欢笑，
燕歌赵舞⑦独娉婷⑧。

---

①纳陛：古代帝王赐给有殊勋的诸侯或大臣的特殊礼遇之一，凿殿基为登升的陛级，纳之于檐下，不使尊者露而升，故名。 ②趋庭：《论语·季氏》：“（孔子）尝独立，鲤（即孔子之子孔鲤，字伯鱼）趋而过庭。曰：‘学诗乎？’对曰：‘未也。’‘不学诗，无以言。’鲤退而学诗。他日，又独立，鲤趋而过庭。曰：‘学礼乎？’对曰：‘未也。’‘不学礼，无以立。’鲤退而学礼。”后因以“趋庭”谓子承父教。 ③泛梗、浮萍：亦作“泛萍浮梗”，即浮动在水面的树梗和萍草，比喻飘荡无定。唐末五代徐夤《别》诗：“酒尽欲终问后期，泛萍浮梗不胜悲。” ④骑牛：隋末李密好学，常常将《汉书》的书卷挂在所骑牛角上，放牛时读书。 ⑤牧豕：汉代丞相公孙弘年幼家贫，在给人放猪时，经常带着儒家经典阅读。 ⑥禾颖：带芒的谷穗。 ⑦燕歌赵舞：古代燕赵之地人善歌舞，后以“燕歌赵舞”泛指美妙的歌舞。 ⑧娉婷：姿态美好貌。

《东山携妓图》

《眉山大桥》

笠翁对韵

十蒸

下卷 · 十蒸

其一

苹对蓼，
荇对菱①。
雁弋②对鱼罾③。
齐纨④对鲁缟⑤，
蜀锦⑥对吴绫⑦。
星渐没，
日初升。
九聘对三征。
萧何⑧曾作吏，
贾岛⑨昔为僧。
贤人视履⑩循规矩，
大匠挥斤⑪校准绳。
野渡春风，
人喜乘潮移酒舫；
江天暮雨，
客愁隔岸对渔灯。

---

①苹、蓼(liǎo)、荇(jiǎo)、菱：四种都是水生植物。 ②雁弋(yì)：射雁用的带丝绳的箭。 ③鱼罾(zēng)：渔网。 ④齐纨(wán)：齐地出产的白细绢。 ⑤鲁缟(gǎo)：鲁地出产的一种白色生绢，以薄细著称。 ⑥蜀锦：蜀地出产的彩锦，多用染色熟丝织成，色彩鲜艳，质地坚韧。 ⑦吴绫：吴地出产的一种有纹彩的丝织品，以轻薄著名。 ⑧萧何：西汉开国丞相萧何，早年曾任秦沛县主吏掾。 ⑨贾岛：唐代诗人，早年出家为僧，法号无本，后还俗。 ⑩视履：观察其行为。《易·履》：“上九：视履考祥，其旋元吉。” ⑪斤：斧头。

《漓江烟雨》

其二

谈对吐，
谓对称。
冉闵对颜曾[1]。
侯嬴[2]对伯嚭[3]，
祖逖[4]对孙登[5]。
抛白纻[6]，
宴红绫[7]。
胜友对良朋。
争名如逐鹿[8]，
谋利似趋蝇[9]。
仁杰姨[10]惭周不仕，
王陵母[11]识汉方兴。
句写穷愁，
浣花寄迹传工部[12]；
诗吟变乱，
凝碧伤心叹右丞[13]。

---

①冉闵、颜曾：指冉有、闵子骞（qiān）、颜回、曾参，四人皆为孔子弟子。 ②侯嬴：战国时魏人，受信陵君知遇，献窃符救赵之计。 ③伯嚭（pǐ）：春秋时吴国太宰，曾受越国贿赂，劝吴王夫差放了越王勾践。 ④祖逖：东晋时爱国将领，曾率部北伐，收复大片领土。 ⑤孙登：三国时吴大帝孙权长子，立为皇太子，颇为贤能，为孙权所喜爱，后英年早逝。 ⑥抛白纻：指科举登第后脱离布衣身份，入仕做官。白纻，古代士人未得功名时所穿白色布衣。 ⑦宴红绫：唐僖宗曾与新科进士宴于曲江，命御厨做红绫裹着的饼子，分赐士人。 ⑧逐鹿：《史记·淮阴侯列传》："秦失其鹿，天下共逐之。"后因以"逐鹿"喻争夺统治权。 ⑨趋蝇：像苍蝇一样往来飞逐，驱之不散。 ⑩仁杰姨：唐代狄仁杰为武则天宰相，曾想帮助姨母的儿子在朝中谋官，姨母因女皇武则天篡夺唐朝帝位，称不愿儿子在女皇朝做官。周，武则天称帝改国号为周。 ⑪王陵母：楚汉争霸时，项羽抓住刘邦麾下大将王陵的母亲为人质，王陵母认定刘邦可以兴盛起来，嘱王陵追随刘邦，不可降楚，遂自刎而死。 ⑫工部：指唐代诗人杜甫，因任工部员外郎、左拾遗等职，世称"杜工部""杜拾遗"，曾寓居成都浣花溪畔之草堂。 ⑬右丞：指唐代诗人王维，因任尚书右丞，世称"王右丞"，安史之乱时曾作《凝碧诗》哀叹时局变乱，表达忧国伤怀之情。

《峨眉溪涧》

《钟馗送妹之图》

笠翁对韵

十一尤

下卷 · 十一尤

其一

荣对辱，
喜对忧。
缱绻[1]对绸缪[2]。
吴娃对越女[3]，
野马[4]对沙鸥。
茶解渴，
酒消愁。
白眼[5]对苍头[6]。

马迁修史记，
孔子作春秋。
莘野[7]耕夫闲举耜，
渭滨渔父晚垂钩。
龙马游河，
羲帝[8]因图而画卦；
神龟出洛，
禹王取法以明畴[9]。

①缱绻（qiǎn quǎn）：纠缠萦绕，形容感情深厚。 ②绸缪（chóu móu）：紧密缠绵貌，形容情意殷切。 ③吴娃、越女：吴、越之地的美女。 ④野马：指野外蒸腾的水气。《庄子·逍遥游》：“野马也，尘埃也。生物之以息相吹也。” ⑤白眼：露出眼白的眼睛，表示鄙薄或厌恶，反之则为青眼。《晋书·阮籍传》：“籍又能为青白眼，见礼俗之士，以白眼对之。” ⑥苍头：指以青巾裹头的军队，亦指奴仆。 ⑦莘（shēn）野：《孟子·万章上》：“伊尹耕于有莘之野。”后以“莘野”指隐居之所。 ⑧羲帝：指伏羲，三皇五帝之首，相传上古有龙马背负神秘图案出于河中，伏羲按照图案的启示画出了八卦。 ⑨畴：田间的分界，引申为种类，分类。相传神龟出于洛水，背壳上的图案即为《洛书》，乃天帝赐给禹治理天下的九类大法，即九畴。《尚书·洪范》：“天乃锡禹洪范九畴。”

《渔夫图》

其二

冠对履，
舄①对裘②。
院小对庭幽。
面墙③对膝地④，
错智⑤对良筹⑥。
孤嶂耸，
大江流。
方泽⑦对圆丘⑧。
花潭来越唱⑨，
柳屿起吴讴⑩。
莺懒燕忙三月雨，
蛩催蝉退一天秋。
钟子⑪听琴，
荒径入林山寂寂；
谪仙捉月⑫，
洪涛接岸水悠悠。

①舄（xì）：古代一种木底鞋。 ②裘：用毛皮制成的御寒衣服。 ③面墙：《尚书·周官》："不学墙面。"孔安国传："人而不学，其犹正墙面而立。"后因以"面墙"比喻不学而识见浅薄。 ④膝地：两膝着地而跪。 ⑤错智：西汉政治家晁错机智多谋，人称"智囊"。 ⑥良筹：西汉开国功臣张良善筹划，曾即席以筷子为算筹替高祖出谋画策。 ⑦方泽：即方丘。古代夏至祭地祇的方坛。因为坛设于泽中，故称。 ⑧圆丘：古代祭天的圆形高坛。 ⑨越唱：指《越人歌》。春秋时楚国贵族子皙乘舟出游，船夫为越人，用越地方言唱了一首歌，声调委婉动听，子皙命人将歌词从越语翻译成楚语。 ⑩讴（ōu）：歌唱。 ⑪钟子：指钟子期，春秋晋国大夫伯牙弹琴，樵夫钟子期路过听之，分辨出琴声中"巍巍乎志在高山"和"洋洋乎志在流水"的意境，二人成为知音。 ⑫捉月：传说唐朝诗人李白醉酒后欲捞江底的明月，跳入水中溺死。

《苏州虎丘》

其三

鱼对鸟，
�对鸠。
翠馆对红楼。
七贤[①]对三友[②]，
爱日[③]对悲秋。
虎类狗[④]，
蚁如牛[⑤]。
列辟[⑥]对诸侯。
陈唱[⑦]临春乐，
隋歌[⑧]清夜游。
空中事业麒麟阁[⑨]，
地下文章鹦鹉洲[⑩]。
旷野平原，
猎士马蹄轻似箭；
斜风细雨，
牧童牛背稳如舟。

①七贤：三国魏末的阮籍、嵇康、山涛、向秀、阮咸、王戎、刘伶七位名士相与友善，常宴集于竹林之下，时人号为“竹林七贤”。 ②三友：可以作为朋友的三种事物的并称。如松竹梅，琴酒诗等。 ③爱日：珍惜时光。《吕氏春秋·上农》：“敬时爱日，至老不休。” ④虎类狗：即画虎不成反类狗，比喻仿效失真，反而弄得不伦不类。 ⑤蚁如牛：东晋殷浩患耳疾，听到床下蚂蚁爬动的声音，以为是两牛相斗。 ⑥列辟：指诸侯，亦指公卿百官。 ⑦陈唱：指南朝陈后主所作歌曲《玉树后庭花》《临春乐》等，常与宠臣江总、宠妃张丽华等在临春阁宴乐歌唱，其辞轻荡，而其音甚哀，故后多用以称亡国之音。 ⑧隋歌：指隋炀帝所作歌曲《清夜游》，《资治通鉴·隋纪四》：“上好以月夜从宫女数千骑游西苑，作《清夜游》曲，于马上奏之。” ⑨麒麟阁：汉代阁名，在未央宫中。西汉宣帝时曾图霍光等十一功臣像于阁上，以表扬其功绩。 ⑩鹦鹉洲：在今湖北省武汉市西南长江中。东汉末江夏太守黄祖长子黄射在此大会宾客，有人献鹦鹉，祢衡作《鹦鹉赋》，故名。后衡为黄祖所杀，葬此。地下文章，指人死后的传世之作。

《牛背稳如舟》

《苏州天平山下的枫树林》

笠翁对韵

十二侵

下卷·十二侵

其一

歌对曲，
啸①对吟。
往古对来今。
山头对水面，
远浦②对遥岑③。
勤三上④，
惜寸阴⑤。
茂树对平林。

卞和⑥三献玉，
杨震四知⑦金。
青皇⑧风暖催芳草，
白帝城⑨高急暮砧⑩。
绣虎⑪雕龙⑫，
才子窗前挥彩笔；
描鸾刺凤，
佳人帘下度金针⑬。

---

①啸（xiào）：撮口吹出声音。《世说新语·栖逸》：“阮步兵啸闻数百步。” ②浦：水边，河岸。 ③遥岑：远处陡峭的小山崖。 ④三上：指马上、枕上、厕上。宋代欧阳修《归田录》卷二：“余平生所作文章，多在三上，乃马上、枕上、厕上也。” ⑤寸阴：短暂的光阴。《淮南子·原道训》：“圣人不贵尺之璧，而重寸之阴。” ⑥卞和：春秋时楚国人卞和发现了一块玉璞，两次上献给楚王都被认作是石头而遭断足之刑。楚文王即位后，这块玉终于得到赏识，并被琢磨成宝玉，即“和氏璧”。 ⑦四知：东汉名臣杨震做青州刺史时，有人趁黑夜送他金子，并说这事不会有人知道，杨震说道：“天知，神知，我知，子知，何谓无知？”拒而不授。后人因此称杨震为“四知先生”，用此事形容为官清廉。 ⑧青皇：即青帝，我国古代神话中的五天帝之一，是位于东方的司春之神。 ⑨白帝城：在今重庆市奉节县，三国时蜀汉刘备殁于此。 ⑩暮砧（zhēn）：傍晚捣衣的砧声。砧，捣衣石。唐代杜甫《秋兴》诗之一：“寒衣处处催刀尺，白帝城高急暮砧。” ⑪绣虎：三国时曹植七步成章，时人称为“绣虎”，绣谓其词华隽美；虎谓其才气雄杰。后遂以“绣虎”称擅长诗文、词藻华丽者。 ⑫雕龙：雕镂龙纹，比喻善于修饰文辞或刻意雕琢文字。南朝梁刘勰有文艺理论著作《文心雕龙》五十篇。 ⑬度（duó）金针：传授刺绣的针法，比喻将高明的技艺秘诀授与他人。

《观画图》

其二

登对眺①，
涉对临。
瑞雪②对甘霖。
主欢对民乐，
交浅对言深。
耻三战③，
乐七擒④。
顾曲⑤对知音⑥。
大车行槛槛⑦，
驷马骤骎骎⑧。
紫电青虹⑨腾剑气，
高山流水⑩识琴心。
屈子⑪怀君，
极浦吟风悲泽畔；
王郎⑫忆友，
扁舟卧雪访山阴。

---

①眺（tiào）：远望。 ②瑞雪：应时好雪，以能杀虫保温，多视为丰年的预兆，故称。 ③三战：《史记·平原君虞卿列传》：“毛遂谓楚王曰：白起小竖子耳！一战而举鄢郢，再战而烧夷陵，三战而辱王之先人，而王不知耻焉！” ④七擒：三国时蜀汉诸葛亮率军南征，对西南少数民族首领孟获七擒七纵，终使其心服，归顺蜀国。 ⑤顾曲：三国时吴国大将周瑜通晓音乐，即使醉酒也能听出别人的演奏错误，并总会回头向演奏者示意。时谓“曲有误，周郎顾”。 ⑥知音：春秋时钟子期听伯牙弹琴能知曲中之意，后世遂以“知音”比喻知己、同志。参见前文“十一尤”其二（P212）“钟子”注。 ⑦槛槛：车行声。《诗·王风·大车》：“大车槛槛。” ⑧骎（qīn）骎：马疾速奔驰貌。 ⑨紫电青虹：三国时两把宝剑之名，紫电属孙权，青虹属曹操。 ⑩高山流水：琴曲名。内容即据《列子·汤问》所载伯牙与钟子期的故事谱写。原为一曲，唐代时始分为《高山》《流水》二曲。 ⑪屈子：指屈原，参见前文“四豪”其三（P156）“屈子”注。 ⑫王郎：东晋王徽之（字子猷，王羲之之子）住在山阴时，雪夜忽然思念朋友戴逵，便乘扁舟去拜访，到了友人家门前却又没有了见朋友的兴致，于是又乘舟返回，称自己“乘兴而来，兴尽而归，何必见戴”。山阴，古县名，即今浙江绍兴。

《仿八大山水图》

《桂林阳江》

笠翁对韵

十三覃

下卷 · 十三覃

其一

宫对阙①，
座对龛②。
水北对天南。
蜃楼③对蚁郡④，
伟论对高谈。
遴杞梓，
树楩楠⑤。
得一⑥对函三⑦。
八宝珊瑚枕，
双珠玳瑁簪。
萧王⑧待士心惟赤，
卢相⑨欺君面独蓝。
贾岛⑩诗狂，
手拟敲门行处想；
张颠⑪草圣，
头能濡墨写时酣。

①阙：宫门、城门两侧的高台，中间有道路，台上起楼观。 ②龛（kān）：供奉神佛或神主的石室或小阁子。 ③蜃楼：即海市蜃楼，沙漠或海洋中因为光线的折射而形成虚幻的楼阁景象。比喻虚幻而不实际存在的事物。 ④蚁郡：传说汉代书生淳于棼在大槐树下的蚁穴旁睡觉，梦到自己在大槐安国做驸马，封于南柯郡，享受荣华富贵，梦醒才发现是一场空。 ⑤遴(lín)杞（qǐ）梓（zǐ），树楩（piān）楠：遴，谨慎挑选。树，栽种培养。杞、梓、楩、楠，均为优良树种。比喻选拔和培育优秀人才。 ⑥得一：得道。《老子》："昔之得一者，天得一以清，地得一以宁，神得一以灵，谷得一以盈，万物得一以生，侯王得一以为天下贞。" ⑦函三：包含天、地、人三气。 ⑧萧王：指东汉光武帝刘秀，在登帝位之前被封为萧王。 ⑨卢相：唐代宰相卢杞貌丑，且为人阴险，欺上瞒下，史称其"蓝面鬼"。 ⑩贾岛：唐代诗人，一日骑着毛驴在路上得"鸟宿池边树，僧推月下门"两句诗，后又想将"推"字改为"敲"字，拿不定主意，没注意撞到了韩愈的车驾。韩愈问后，考虑了很久说："还是敲字好。"后因以"推敲"指斟酌字句，亦泛谓对事情的反复考虑。 ⑪张颠：即唐代书法家张旭，擅长草书，喜欢饮酒，醉酒后曾将墨汁倒在头上，以发为笔书写，世称"张颠"。濡（rú），沾湿。

《米颠拜石图》

其二

闻对见，
解对谙①。
三橘②对双柑③。
黄童④对白叟，
静女⑤对奇男。
秋七七⑥，
径三三⑦。
海色对山岚。
鸾声何哕哕⑧，
虎视正眈眈⑨。
仪封疆吏知尼父⑩，
函谷关人识老聃⑪。
江相⑫归池，
止水自盟真是止；
吴公⑬作宰，
贪泉虽饮亦何贪。

---

①谙（ān）：熟悉，熟知。 ②三橘：即陆绩怀橘三个欲献母的典故，参见前文“六麻”其二（P172）“怀橘”注。 ③双柑：唐代戴颙春日携双柑、斗酒出游，后遂用为春日雅游的典故。 ④黄童：幼童。 ⑤静女：娴静的女子。《诗·邶风·静女》：“静女其姝，俟我于城隅。” ⑥秋七七：指杜鹃花。传说鹤林寺杜鹃花为天下一绝，殷七七在秋天重阳节用幻术令杜鹃花开。 ⑦径三三：指菊花。语本东晋陶渊明《种菊》诗：“冶冶溶溶三径色，风风雨雨九秋时。” ⑧哕（huì）哕：鸟鸣声。 ⑨眈（dān）眈：威视貌；注视貌。《易·颐》：“虎视眈眈。” ⑩尼父：对孔子的尊称。孔子字仲尼，故称。父是古代对男子的尊称。孔子周游至卫国，仪邑的地方官请见孔子，曰：“君子之至于斯也，吾未尝不得见也。” ⑪老聃（dān）：即老子，姓李，名耳，字聃。传说老子西游，函谷关关令尹喜看见紫气东来，便推测老子将到函谷关了。 ⑫江相：指南宋末年宰相江万里，在自家后院修建池塘，题名为“止水”，寓意生命将止于此。后来他率兵抵抗元军，兵败城破后投池而死。 ⑬吴公：指东晋著名廉吏吴隐之。传说广州附近的一处泉水名“贪泉”，人饮后会变得贪婪。吴隐之为广州刺史，故意饮贪泉水，作《贪泉歌》，反而更加清廉了。宰，古代官吏的通称，后引申为地方长官。

《搔背图》

《家家都在画屏中》

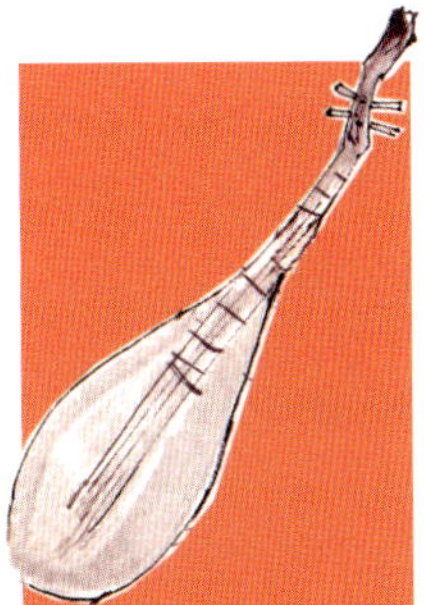

笠翁对韵 · 十四盐

下卷 · 十四盐

其一

宽对猛，
冷对炎。
清直对尊严。
云头对雨脚，
鹤发对龙髯。
风①台谏②，
肃堂廉③。
保泰对鸣谦④。
五湖归范蠡，
三径隐陶潜。
一剑成功堪佩印⑤，
百钱满卦便垂帘⑥。
浊酒⑦停杯，
容我半酣愁际饮；
好花傍座，
看他微笑悟时拈⑧。

①风：劝谏；讽谏。 ②台谏：唐宋时以专司纠弹的御史为台官，以职掌建言的给事中、谏议大夫等为谏官。两者虽各有所司，而职责往往相混，故多以"台谏"泛称之。 ③堂廉：殿堂的侧边，借指朝廷。 ④鸣谦：谦德表著于外，谓态度谦恭。《易·谦》："鸣谦，贞吉。 ⑤佩印：战国时纵横家苏秦曾背负一剑游说六国合纵抗秦，成功后他身佩六国相印。 ⑥垂帘：汉代隐士严遵以算卦为生，每日赚够一百钱能维持生计后，便闭门垂帘研究《易经》，不再多算。 ⑦浊酒：唐代杜甫《登高》诗："艰难苦恨繁霜鬓，潦倒新停浊酒杯。" ⑧悟时拈（niān）：佛教禅宗传说佛祖释迦牟尼在灵山说法，手拈一花示众，众弟子不解其意，独迦叶一人微笑领悟，得传佛祖心印，成为禅宗初祖。

《采菊东篱下》

其二

连对断，
减对添。
淡泊对安恬。
回头对极目[①]，
水底对山尖。
腰袅袅，
手纤纤。
凤卜[②]对鸾占[③]。

开田多种粟，
煮海[④]尽成盐。
居同九世张公艺[⑤]，
恩给千人范仲淹[⑥]。
箫弄凤来，
秦女有缘能跨羽；
鼎成龙去，
轩臣[⑦]无计得攀髯。

①极目：用尽目力远望。 ②凤卜：春秋时齐国大夫懿氏想把女儿嫁给陈敬仲而占卜吉凶，得吉，辞曰“凤凰于飞，和鸣锵锵”。后世因称占卜佳偶为“凤卜”。参见前文“五微”其二（P38）“卜凤”注。 ③鸾占：即扶乩，又称扶鸾，古代一种请神降临占卜吉凶的方式。传说神仙来时驾凤乘鸾，故名。 ④煮海：煮海水制盐。⑤张公艺：唐代张公艺长寿，祖孙九世同堂。皇帝问他长寿的秘密，他写了百余个“忍”字呈上。 ⑥范仲淹：字希文，北宋政治家、文学家。做官时遍施恩惠，曾买良田千亩接济宗族中贫困者。 ⑦轩臣：指黄帝的臣下，黄帝号轩辕氏，故称。参见前文“八庚”其二（P192）“乘龙”注。

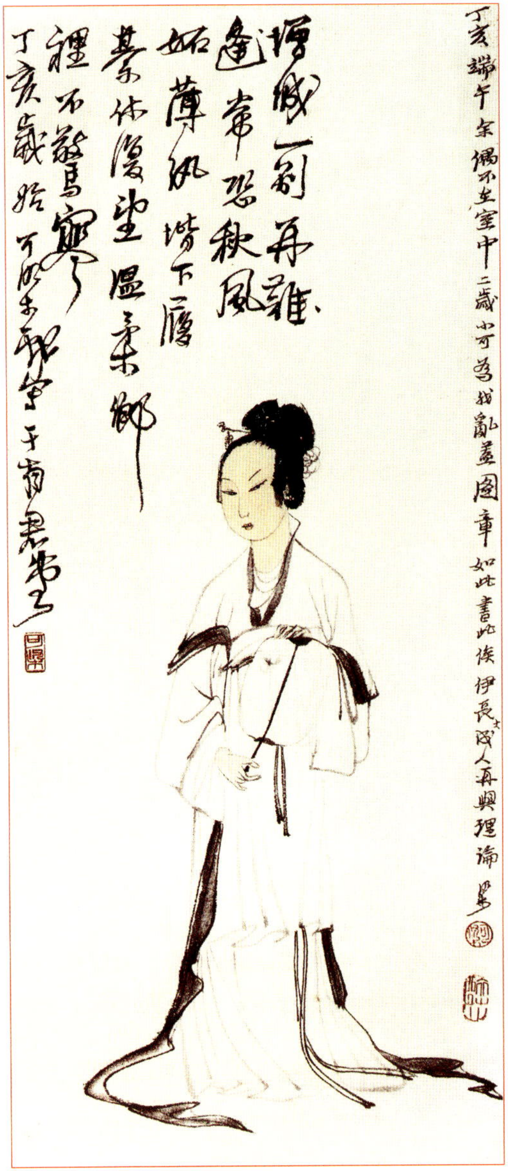

《仕女》

其三

人对己，
爱对嫌。
举止对观瞻①。
四知对三语②，
义正对辞严。
勤雪案③，
课④风檐⑤。
漏箭对书笺。

文繁归獭祭⑥，
体艳别香奁⑦。
昨夜题诗更一字⑧，
早春来燕卷重帘。
诗以史名，
愁里悲歌怀杜甫；
笔经人索，
梦中显晦老江淹⑨。

---

①观瞻：外观，引申为体统。 ②三语：西晋王戎问阮瞻儒、道有何异同，阮瞻以“将无同（意为恐怕相同）”三字回答。王戎听了很满意，聘其为掾属，时人称为“三语掾”。 ③雪案：映雪读书时的几案，后泛指书桌。晋代孙康少时家贫，冬夜常靠雪地反射的月光读书。 ④课：考核，考试。 ⑤风檐：风中的屋檐，借指科举时代的考试场所。 ⑥獭（tǎ）祭：水獭常捕鱼陈列水边，如同陈列供品祭祀。比喻罗列典故，堆砌成文。 ⑦香奁（lián）：杂置香料的匣子，指妇女盛放香粉、镜子等物的妆匣。古时亦将专以妇女身边琐事为题材，多绮罗脂粉之语的诗歌称为“香奁体”或“艳体”。 ⑧更一字：唐代僧人齐己作《早梅》诗，有“前村深雪里，昨夜数枝开”的诗句。诗人郑谷将“数”改为“一”，被称为“一字师”。 ⑨江淹：参见前文“四支”其一（P26）“五色笔”注。

《杜甫草堂》

《江南帆影》

笠翁对韵

十五咸

下卷 · 十五咸

其一

栽对植，
薙对芟[1]。
二伯[2]对三监[3]。
朝臣对国老[4]，
职事对官衔。
鹿麌麌[5]，
兔毚毚[6]。
启牍对开缄。
绿杨莺睍睆[7]，
红杏燕呢喃[8]。
半篱白酒娱陶令[9]，
一枕黄粱度吕岩[10]。
九夏[11]炎飙[12]，
长日风亭留客骑；
三冬[13]寒冽，
漫天雪浪驻征帆。

①薙（tì）、芟（shān）：都指去除野草。 ②二伯：指西周初年辅佐幼王的周公旦和召公奭(shì)。 ③三监：周武王灭商后把商朝旧地封给纣王的儿子武庚，并派自己的三个弟弟共同对其监督，称“三监”。 ④国老：指告老退职的大臣。 ⑤麌（yǔ）麌：群聚貌。《诗经·小雅·吉日》：“兽之所同，麀鹿麌麌。” ⑥毚（chán）：狡兔，大兔。 ⑦睍睆（xiàn huǎn）：形容鸟声清和圆转。 ⑧呢喃：燕鸣声。 ⑨陶令：指晋代陶渊明，参见前文“五微”其二（P38）“靖菊”注。 ⑩吕岩：指传说八仙中的吕洞宾。参见前文“七阳”其三（P184）“黄粱”注。 ⑪九夏：夏季，夏天。 ⑫炎飙（biāo）：炎热的疾风。 ⑬三冬：冬季的三个月。

《渊明醉归》

其二

梧对杞，
柏对杉。
夏濩对韶咸①。
涧瀍对溱洧②，
巩洛③对崤函④。
藏书洞⑤，
避诏岩⑥。
脱俗对超凡。
贤人羞献媚，
正士嫉⑦工谗⑧。
霸越谋臣推少伯⑨，
佐唐藩将重浑瑊⑩。
邺下狂生⑪，
羯鼓三挝羞锦袄；
江州司马⑫，
琵琶一曲湿青衫。

---

①夏濩（hù）、韶咸：夏，禹时的乐名；濩，指《大濩》，古代乐舞名，传说为商汤所作；韶，指舜时的《韶》乐；咸，指《咸池》，尧时的乐名。 ②涧瀍（chán）、溱（zhēn）洧（wěi）：涧、瀍、溱、洧，皆为古代河流名。 ③巩洛：巩、洛，二古地名的并称，地在今河南洛阳一带。 ④崤（xiáo）函：崤山和函谷，自古为险要的关隘之地。 ⑤藏书洞：四川酉阳县的翠屏山麓的小酉山石穴中，有书千卷，相传秦人读书于此。称为“二酉藏书洞”。参见前文“七虞”其三（P56）“二酉”注。 ⑥避诏岩：传说汉初商山四皓为了逃避汉高祖征聘的诏书而隐居之处。参见前文“十一真”其二（P90）“四皓”注。 ⑦嫉：厌恶。 ⑧工谗：善于在背后说人坏话。 ⑨少伯：指春秋时越国大夫范蠡，参见前文“六鱼”其三（P48）“五湖”注。 ⑩浑瑊（jiān）：唐朝名将，铁勒族人，是平定“安史之乱”的重要功臣。 ⑪邺下狂生：指汉末才士祢衡，性格孤傲，因为触犯曹操，被罚在邺下做鼓吏，一日曹操命他宴会上击鼓为乐，祢衡脱衣赤身击奏《渔阳三挝（zhuā）》，当众羞辱了曹操。羯鼓，古时一种鼓，传说源自羯族。三挝即《渔阳三挝》，曲名。捐，舍弃。 ⑫江州司马：指唐代诗人白居易，被贬为江州司马时，在浔阳江边偶遇一个弹琵琶的歌女，听她唱述坎坷身世而引发自己宦途沉沦的感慨，作《琵琶行》诗：“座中泣下谁最多，江州司马青衫湿。”

《唐人诗意——浔阳琵琶》

其三

袍对笏①，江边生杜若⑩，
履对衫。海外树都咸⑪。
匹马对孤帆。但得恢恢⑫存利刃，
琢磨②对雕镂③，何须咄咄⑬达空函。
刻划④对镌镵⑤。彩凤知音，
星北拱⑥，乐典后夔⑭须九奏；
日西衔⑦。金人守口，
卮漏⑧对鼎馋⑨。圣如尼父亦三缄⑮。

---

①笏（hù）：古代臣下朝见君王时所执的狭长板子，用玉、象牙、竹木制成。 ②琢磨：雕刻和磨治玉、石，比喻修养德业，研讨义理，修饰诗文等。 ③雕镂：犹雕刻，比喻刻意修饰文辞。 ④刻划：雕刻；刻印，引申为用文字等描摹表现。 ⑤镌镵（juānchán）：雕凿，引申为描写。 ⑥星北拱：指天上众星环绕北极星。《论语·为政》："譬如北辰，居其所而众星共之。" ⑦衔：笼罩。 ⑧卮漏：古时底上有孔的酒器称"漏卮"。后比喻饮量极大。 ⑨鼎馋：春秋时鲁国有鼎名"谗鼎"。 ⑩杜若：香草名。《楚辞·九歌·湘君》："采芳洲兮杜若。" ⑪都咸：一种果树名。 ⑫恢恢：宽阔貌。《庄子·养生主》："庖丁为文惠君解牛……恢恢乎其于游刃必有余地矣。"此即为"庖丁解牛"和"游刃有余"二成语之出典。 ⑬咄（duō）咄：吃惊时发出的声音。东晋殷浩升任朝廷要职后，写信答谢当初举荐他的桓温，错寄出一封空信封。后来殷浩因故被免职，大受刺激，整天在空中比划写"咄咄怪事"四字。 ⑭后夔（kuí）：人名，传说为舜帝的乐官，琴技高超，演奏九遍乐曲可以引来凤凰。 ⑮三缄：即"三缄其口"，封口三重。缄，封。据说孔子参观周朝的太庙，见有一金人封口三重，背有铭文："古之慎言人也。"后因指言语谨慎，少说或不说话。

《水墨淋漓障犹湿》

图片选编：李　庚
特邀编辑：栾文驹
责任编辑：刘　畅
责任校对：杜凤侠
封面题字：李　庚
装帧设计：刘宝华

图书在版编目（CIP）数据

笠翁对韵：李可染书画插图珍藏版 /（清）李渔著；李可染书画．
—北京：东方出版社，2021.9
ISBN 978-7-5207-2350-3
I. ①笠… II. ①李… ②李… III. ①诗词格律—中国—启蒙读物 IV. ① I207.21
中国版本图书馆 CIP 数据核字（2021）第 168029 号

李可染书画插图珍藏版

笠翁对韵

（清）李　渔 著　李可染 书画

東方出版社 出版发行
（100706 北京市东城区隆福寺街 99 号）
鸿博昊天科技有限公司印刷　新华书店经销
2021 年 9 月第 1 版　2021 年 9 月北京第 1 次印刷
开本：880 毫米 ×1230 毫米 1/24
印张：10.5　字数：120 千字
ISBN 978-7-5207-2350-3
定价：69.00 元

邮购地址：100706 北京市东城区隆福寺街 99 号
人民东方图书销售中心：（010）65250042　65289539